怨毒草紙　よろず建物因縁帳

内藤 了

デザイン・写真――舘山一大

目次

登場人物紹介

高沢　春菜——広告代理店アーキテクツのキャリアウーマン。

井之上　勲——春菜の上司。文化施設事業部局長。

長坂　金満——長坂建築設計事務所の所長。春菜の天敵。

守屋　大地——仙龍の号を持つ曳家師。鐘鋳建設社長。隠温羅流導師。

崇道　浩一——鐘鋳建設の綱取り職人。呼び名はコーイチ。

守屋治三郎——鐘鋳建設の専務。仙龍の祖父の末弟。棟梁と呼ばれている。

花岡　珠青——仙龍の姉。青鯉と結婚して割烹料理『花筏』の女将をしている。

小林　寿夫——民俗学者。信濃歴史民俗資料館の学芸員。

加藤　雷助——廃寺三途寺に住み着いた生臭坊主。

怨毒草紙

よろず建物因縁帳

――おぞましき事象の因を探って悪縁を切り、新たな縁をつなぐ者。
流は『隠』にて、派は『温羅』。懸かりて導師となる者は、因縁を切って因縁を受け、
因縁に呼ばれて、齢四十二の厄年に没す――

プロローグ

巻雲が白根山の方角へたなびいていく。空は高く真っ青に澄み、風に朽葉の匂いを感じる。街路樹も次第に色づき始めて、花壇にシュウメイギクが揺れ、遠い北アルプスには冠雪が見てとれる。

爽やかな秋晴れの日だというのに、善光寺参道の中央通りを進みながら、高沢春菜は固く唇を噛んでいた。

――おまえが思うほど俺は強くない。だから、気の強いおまえが泣くのは辛い――

頭の中でリフレインするのは、すでにおまじないのようになってしまった仙龍の言葉だ。自己嫌悪に苛まれて彼の前で泣いたとき、仙龍は春菜を優しく抱いて、そう言った。

中央通りは観光客であふれている。散策を楽しむ彼らの間をすり抜けながら、春菜はますます足を速める。道は善光寺へ向かって上り坂になっていて、正面奥に堂々たる仁王門が鎮座している。春菜は息を切らせて通りを曲がった。

それはいったいどういう意味なの？　訊かなくちゃ、言葉の真意を確かめなくちゃ、と、あの瞬間は思ったのに、春菜にはそれができなかった。

そしてまた時が経ち、季節は秋になっていた。

春菜と仙龍の関係は、広告代理店の営業職と、付き合いのある建設会社の社長というものである。恋人でもなければ友人と呼べる関係でもない。仕事があれば会うけれど、それ以外のときに連絡を取り合うこともない。飲み会に同席することも、私的なメッセージを送り合うこともない。知り合って三年以上も経つというのに、それだけだ。

「それなら気軽に抱きしめないでよ」

口の中でブツブツ言って、春菜はさらに大股になる。

相手の気持ちがわからない。ただそれだけのことがストレスだなんて、知らなかった。自分が仙龍のことを考えているときも仙龍はほかのことを考えていて、それが辛くてモヤモヤする。そして、そんな自分に我慢がならない。これが恋だというのなら、私は恋に向いてない。恋なんていらない。知らなければよかった。四六時中相手のことを考えてばかりいるなんて、そんなの私らしくないし、いい歳をしてバカみたいだ。もうっ。

息が上がって立ち止まったら、とたんに汗が噴き出してきた。十月とはいえ日中の気温はそれなりに高い。春菜はハンカチを出して汗を拭った。

今日は初対面の相手と会うのに、汗だくなんてあり得ない。自分は広告代理店の営業だ。この仕事にプライドをもって臨んでいるのだ。相手と勤務中に会えばこそ、営業の顔を崩してはいけない。頭を振って、仙龍への想いは隅っこへ寄せた。

行く手に銀杏の木があって、甍の上に天辺だけが覗いている。黄葉した葉が黄金に輝いて、下にあるのはお寺の屋根だ。

春菜はその場で呼吸を整え、しっかりしてよと自分に言った。なんのためにお寺へ行くの？　仙龍のためよ、と即座に思う。甘い妄想に浸っている時間はほとんどないのよ。仙龍に迫り来る死の影と、そのおぞましい様子を思い出すのよ。

「やるわ」

春菜は拳（こぶし）を握りしめ、ヒールを鳴らして、真っ直（ます）ぐに道を進んでいった。

其の一

東按寺(とうあんじ)の持仏堂(じぶつどう)を曳(ひ)く

この日、春菜は長野市にある国宝善光寺近くの東按寺を訪れていた。仕事で付き合いのある民俗学者から連絡を受けて、持仏堂の曳家を見学させてもらいに来たのだ。

曳家とは、建造物を壊さずに移動させる工事のことである。

「来た、来た。春菜ちゃん、こっちですよーっ」

狭い車道の脇で体を伸ばして、校務員姿の老人が手を振っている。ボサボサの白髪頭に黒縁眼鏡、灰色のシャツに作業ズボン、腰に手ぬぐいをぶら下げて、首から下げたカメラに手を添え、早く来いと手招いている。

彼の名前は小林寿夫。アーキテクツの仕事先でもある信濃歴史民俗資料館の学芸員で、民俗学者だ。大学教授を引退してもなお衰えぬ向学心から、仲間うちではいまだに小林教授と呼ばれている。

「お待たせしてすみませんでした」

春菜は小走りで近づいて、小林教授に会釈した。

「いえいえ、ちょうどいいタイミングでしたよ」

それだけ言うと踵を返して、彼はスタコラと寺の専用駐車場へ入っていく。

善光寺周辺は大通りから一本入ると往時のままの狭い道が入り組んでいる。結果的に車は大通りに集中し、さらに観光バスもやってくるので混雑しやすい。道路事情を知る春菜は、離れた場所に車を停めて歩いてきたのだ。

思ったとおり東按寺の駐車場は業者の車で満杯になっていて、隙間を歩くのもやっとの有様だった。境内との境に工事用の仮囲いが設えられて、菱形を四つ連ねた武田菱のロゴと、『木賀建設』の文字がある。

「この曳き屋さんは、木賀建設っていうんですね」

春菜が訊くと、

「そうですよ」

と、教授が答えた。

春菜は、仙龍が社長を務める鐘鋳建設以外に曳家業者を知らなかった。

「長野の曳き屋は鐘鋳建設だけだと思っていました」

アーキテクツの文化施設事業部は重要建造物に関わる仕事が多く、建物を移動保存するときは、上司の井之上に紹介された鐘鋳建設にお願いするのが常である。

「長野市周辺は比較的曳き屋の多い土地なのですよ。地域によっては、曳き屋さんがまったくいないところもありますけどね」

教授はカメラを庇いながら車の隙間を器用に進む。小柄で痩せていて全身グレーなので、チョロチョロと隙間を走るネズミのようだ。

「土地柄のせいもあるでしょう。長野市は善光寺を中心に設計された街でして……」

「あ、それ、北陸新幹線が開通したとき——」

先へ先へと行ってしまう小林教授の背中に言った。上信越・北陸地方を経由して東京・大阪間を結ぶ予定の北陸新幹線は、二〇一五年三月に東京・金沢間が開通し、通過駅である長野駅舎とその周辺も大幅な改修工事を行ったのだ。

「——長野駅周辺の公共サインを整備したので、そのとき勉強して知りました。阿弥陀如来の四十八本願を基にして、駅舎の場所を決めたんですよね。王本願でしたっけ？」

小林教授は足を止め、春菜を振り返って「そうそう」と言った。

「王本願は、善光寺というお寺のテーマでもある一切衆生悉有仏性を説いていますね。生きとし生けるものはことごとく、生まれながらにして仏になり得る素質を持つというのが王本願で、言い換えますと、心から念仏を唱える者は、すべて阿弥陀如来様がお救いになるということでしょうか。それが第十八願だったので、善光寺から十八丁の場所に長野駅舎を造ると決めて……」

春菜は教授を真似て人差し指を振り上げた。

「駅舎と善光寺をつなぐ参道中心に街づくり計画が始まった」

「さすが春菜ちゃん。よく勉強してますねえ」

なんだか子供向け教育番組のようなやりとりだが、教授と話していると、たまさかこんな調子になることがある。春菜は苦笑交じりに答えた。

「参道沿いに丁数を彫った石碑を設営するアイデアが出たので、新幹線の降り口にも十八丁の説明板を設置したんです。結構評判がいいんですよね」

仮囲いの向こうで作業員たちの声がする。曳家の準備が進んでいるのだ。ようやく駐車場の奥へ辿り着くと、仮囲いに簡単なドアがついていた。ここから境内へ入れるようだ。

「曳家の話に戻りますと」

小林教授は立ち止まり、講義をするかのように人差し指を振り上げた。民俗学を偏愛するあまり、興味深い話題に触れると話が止まらなくなってしまうのだ。

「このあたりに曳家業者が多いのは、歴史的建造物が多数残されているからという側面もありましょう。ほかにも、周囲を山に囲まれた狭小な土地であることが関係しているかもしれません。特筆すべきは明治大正期の市区改革事業で中央通りの拡幅工事が進められたおり、沿道の商家などが防火に配慮して鉄筋コンクリート造りや塗屋造りにするなど申し合わせたことですね。東御市の海野宿では梲という防火壁が有名ですが……」

このまま喋らせておくと曳家が始まってしまうので、春菜は教授の蘊蓄講義を終わらせることにした。そのためには、感心して褒めることが肝要だ。

「景観条例がない時代に商家が協力し合ったなんてすごいですよね」

「そう、すごいんです。一帯の商家をとりまとめたのが、当時町の世話役をしていた藤屋御本陣の十二代目平五郎だったといわれます。それもありまして、中央通り沿いには景観重要建造物が多いのですねえ。ああいう建物は見飽きることがないですし、逆に解体することもできませんから、曳き屋さんが必要なのですよ」

とりあえず話はまとまったようで、小林教授は仮囲いのドアから境内へ入った。春菜も後からついていく。時間に制約がないならば、教授の話は面白い。その知識は身近で、現在目にしているものの背景に、どんな歴史があったかを連想させてくれる。古い時代の人々が何を願ってどう生きたのか、民俗学には人が人として生きるための知恵とユーモア、逞しさと切実さが詰まっている。この探究心旺盛な民俗学者と仕事を通じて知り合えたことは、なにものにも代えがたい宝物だと春菜は思う。

曳家について勉強したくて、教授に相談したのは夏の終わりのことだった。

――それなら鐘鋳建設の棟梁か、仙龍さんに訊くのがよいのでは？

今さら何を言い出すのかと、怪訝そうな顔で教授は言った。

もちろんそれが一番早い。曳家の技術や工法について知りたいだけなら。

――でも、ただ知りたいんじゃないんです。もっとこう……。

どう言えばわかってもらえるだろうと、考えを巡らせたことも覚えている。

――たとえば、隠温羅流の曳家と普通の曳家の違いとか……根本的なことと言えばいいのか、背景と言えばいいのか、そういうことを知りたいんです。

教授は眼鏡を持ち上げて、『おやまあ』と呟いた。

その眼差しに真意を見抜かれてしまいそうで、図らずも春菜は顔を背けた。

しかし教授に他意はなかったらしく、両手をこすり合わせてこう言った。

――なら、春菜ちゃん。ちょうどよかったですよ。

間もなく東按寺で持仏堂を曳家するので、それを見学してみますかね、と教授は訊いた。普通の曳家を見学すれば、鐘鋳建設との差がわかるだろうというのである。

建築技術を学ぶ者にも流派があって、鐘鋳建設のそれは隠温羅流と呼ばれる陰の流派だ。この流派は因縁を持つ建造物を曳家で浄化し、後世に残すことを旨とする。曳家のとき、建造物の状態を確かめながら曳きの作業を指示する者を導師と呼ぶが、因縁物件に関わることが多い隠温羅流導師は、因縁を祓うたびその身に因縁を受けて、齢四十二の厄年にこの世を去る定めだという。現在の導師は社長の守屋大地で、仙龍の号を持つ。

春菜はその男が好きだった。

仮囲いの奥は境内で、さほど広くない敷地の奥に本堂と庫裡があり、駐車場にはみ出すかたちで小さなお堂が建っている。今回曳家するのがこのお堂で、曳家によって駐車場を拡張するのだ。内部には念持仏のほか、善光寺講の信者の位牌などが収蔵されているため

『持仏堂』と呼ぶらしい。

持仏堂はすでに準備を終えて、躯体の下から鉄骨や枕木などがはみ出している。基礎から切り離された建物が神輿さながら井桁に組まれた柱の上に鎮座しているのを見ると、不思議であると同時に不安を覚える。通常はあり得ない光景だからだ。

木賀建設の作業員たちはどうかというと、それぞれがラフなシャツにヘルメットを被り、濃紺の作業ズボンに地下足袋姿だ。

揃いの白い法被を纏い、あるときは白布で口を覆い、またあるときは額に『因』の入ったハチマキを締める隠温羅流の男たちとは服装からしてまったく違う。

「このお堂からは隠温羅流の因が見つからなかったんですか？」

相当な高さになった建造物を見上げて訊いた。

隠温羅流の因とは、業者間で申し合わせた印のようなものである。工事に入った先でこれが見つかると、業者は鐘鋳建設に連絡してくる。因とはつまり、それが因縁物件だったことの証だ。因縁物は微妙なバランスで浄化もしくは因縁を封印しているために、迂闊に触ると祟りが再燃することがある。そこで因縁物にはひっそりと、この建物を動かす際は注意せよと、後世への注意喚起が残される。隠温羅流の因は龍の爪を象った三本指のマークであり、因縁物を浄化したあと、お札や彫刻や墨書きなどで残される。

「仙龍さんたちの出番がないということは、そういうことになりますね。まあ、お堂自体が仏像を安置しているわけですし、それに、鐘鋳建設が工事をしていたら、春菜ちゃんは曳家を比べることができなかったわけですからして」

　春菜は組み上げられた枕木を見た。持仏堂は土台ごと持ち上げられているため、屈めば床下の地面が見通せる。内部は暗いが、奥に敷石らしきものがチラリと見えた。年季が入っているからか、床下から吹き上がってくる風には鼻を衝く臭いがあり、ネズミか猫か狢の類いが死んでいたのではないかと思われた。頑丈でどっしりとした建造物が地面を離れて宙に浮くのは何度見ても奇っ怪だ。そんなことを考えていると、

「私もねえ、せっかく建物を上げたので調査させてもらったのですが、興味深い発見がありましてねえ……あっ」

　教授はふいに顔を上げ、

「あそこに親方がいましたよ。それじゃ紹介しましょうかねえ」

　と、その場に春菜を残して境内を進んでいってしまった。

　持仏堂の周りにはおびただしい枕木や工具が置かれているほか、建物を支えるためのワイヤーも張られているので、事情を把握していない者がむやみに移動すると事故につながる。また、繊細な重量物を曳くために建物とその周囲には職人しかわからない工夫が凝らされていることもあり、うっかり何かにつまずけば、彼らが細心の注意を払って調整した技がダメになる。春菜はその場から動くことなく教授を待った。

春菜から見て持仏堂の裏になる場所に四十がらみの職人がいて、教授は彼のそばまで行くと、春菜のほうを指さした。職人がこちらを見たのでお辞儀する。彼らの本気の仕事場に自分のような門外漢がお邪魔しているのだ。万が一にも粗相があっては申し訳ない。

「すみませんねえ、親方。あちらがアーキテクツの高沢さんです」

親方も春菜に会釈して、教授と二人でやってくる。

春菜は自分の名刺を持って、親方と呼ばれた男が来るのを待った。

ようやく彼と対面すると、丁寧に名刺を差し出す。

「株式会社アーキテクツで文化施設事業部の営業をしております高沢です。本日は貴重な工事を見学させていただき、ありがとうございます」

親方は武田菱が入ったヘルメットに手を掛けて、「どうも」と笑った。

「若い女性が曳家を見学したいなんて、小林教授から話を伺ったときは、なんで？　と思いましたがね。曳家を知る人はそもそも少ないですし……でも、あなたは、仙龍さんのところのサニワをされているんですってね」

「え。まあ――」

春菜は思いがけない反応に戸惑った。サニワなんて言葉が普通に出てくるとは思ってもみなかったのだ。

「――鐘鋳建設さんをご存じなんですか？」

訊くと先方も作業用ベストの胸ポケットから名刺を出して、

「この業界にいて、あそこを知らない人がいたらモグリですよ」

春菜に差し出す。名刺には、『有限会社木賀建設代表取締役木賀忠敬(ただたか)』と書かれていた。有限会社は平成十八年の会社法施行(しこう)に伴って廃止されたから、初代というわけではなさそうだ。

木賀は中肉中背でがっちりとした体格、天然パーマなのか髪がチリチリで四角い輪郭(りんかく)、目も鼻も口も大きくて、どことなく愛嬌(あいきょう)のある男であった。

「そうですか、あなたが高沢ハナさんねえ……いや、初めまして」

含みのある顔で言う。ハルナと書いてハナと読ませる春菜の名前を、初対面で正確に発音できる人は少ない。

「どうですか、ここは何か感じます?」

日に焼けた顔に白くて大きな前歯が覗く。春菜は困った。サニワは霊能者でも占い師でもない。ましてや自分の都合で力を使えるわけもないのだ。

「あの……私がサニワって、どなたから」

訊(たず)ねようとして気がついた。それを言った本人が、木賀の隣でカメラ片手にニコニコしている。

「どなたからって、ねえ先生」

木賀は小林教授に目をやると、

「いや、よかったですよ。大地のやつも隅に置けない。前のサニワの珠青さんも美人だったけど、いやぁ、そうか、そうですか」

　春菜と仙龍の仲を勘違いしているのか、鼻の下を伸ばして笑う。『大地のやつ』と仙龍を呼び捨てにするところをみれば、鐘鋳建設とも懇意らしい。曳家について勉強したいと春菜が思った理由を勝手に解釈して、木賀は工事のあらましを語った。

「仙龍さんのところもうちも、工事としてやること自体は同じなんですけどね」

　すっかり準備が整った持仏堂を指して言う。

「曳家は気を遣う仕事です。一瞬でも気を抜けば、重い建物はバランスを崩して破損する。道具も使いますけど職人の勘所が重要で、天候や湿度によっては工事を中断しなきゃならないときもあります。特にこの時期は台風が来たりで気を抜けません。まあ、長野は四方を山に囲まれているから台風の被害は少ないですけど、風はやっぱり怖いですよ」

　春菜は工事中のお堂を眺めた。こんな不安定な状態では、たしかに怖いだろうと思う。

「隠温羅流は大抵一気に曳きますけどね、人知を超えた力が働かないと、ああいう曳家はできません。俺たちを含め、普通はもっと地味ですよ」

　嵩上げされた持仏堂は、所々に職人が立って、それぞれ真剣に建物をチェックしている。木賀によれば、すでに曳家は始まっているそうだ。隠温羅流では綱取り以上の職人たちが綱を引くことで建物を動かすが、木賀建設はジャッキやウインチを使うという。

「あれで、もう動いているんですか？」

訊くと木賀は頷いた。

「まだ本曳きではなく機械の調整中ですけどね。上手くいくときもありますが、一日かけて数センチしか動かせないこともありますよ」

持仏堂は木造瓦葺きで、間口も奥行きもほぼ七メートル弱の正方形である。屋根は切妻部分が高くそびえて破風が広く、技術も費用もかかる錣造りで、重心が上にあるため、曳くのはさぞかし難しいだろうと思う。

「アンバランスな建物ですね。頭が重くて大変そう」

正直な感想を述べると、木賀は「ほう」と言った。

「さすが仙龍さんと仕事をしているだけあって、鋭いですね」

建築に関して言えば鋭いほどの知識も持ち合わせていないので、春菜は微笑んでお茶を濁した。それよりも、知りたいことはほかにある。

「やっぱり違うものですか？　その――」

小林教授に下駄を預けようかとも思ったが、彼はすでに職人たちの背後に回って、しきりにシャッターを切っている。こんな清々しい秋空の下、隠温羅流という言葉を出してもいいものだろうかと、少しだけ躊躇しながら春菜は訊く。

隠温羅流は陰の流派と知っているから、質問すらも気を遣うのだ。

「――隠温羅流と、普通の曳家は？」

木賀は春菜の名刺を眺めて言った。

「高沢さんは文化施設事業部の仕事をしておられるから、古い建物に関わる機会が多いんでしょうね。それで隠温羅流を知ったんですか？」

「はい。上司に井之上という者がおりまして、前の導師の昇龍さんを知っていたんです」

「大地のお父さんですね？　俺も小僧の頃は昇龍さんの世話になってます」

時々『大地』と呼び捨てになるのは、仙龍の兄弟子だからのようだ。

「はい。うちは資料館や博物館の仕事もするので、保存が決まった直後の物件を扱うことが多いんです。井之上が担当した案件で隠温羅流の因が見つかったことがあって、それが切っ掛けでお付き合いが始まったと聞いてます」

「なるほど、わかります。長野はわりと多いですから。それじゃ、小林教授ともその縁で？」

「ええ。信濃歴史民俗資料館の立ち上げに関わっていたのが井之上で、小林教授とはその頃から面識があったみたいです」

木賀は春菜の名刺をポケットにしまい、ようやく質問に答えてくれた。

「曳家ですけど、大きく違うところは作法でしょうか。隠温羅流の曳家は儀式というか、神事みたいなものですからね。どんな曳家も気は遣いますけど、俺たちの仕事には、鎮める作業はないですから、大地のところは大変ですよ。ま、あっちの曳家はカッコいいから、メチャクチャ憧れますけどね。俺も若い頃は真似して木賀組の法被とか作ったんですが、あれはあれで危ないんですよ。まともに風を受けますし。鳶のボンタンパンツは風を受けて危険を知る構造ですけど、長い法被はそれとは違う。大地、いや、仙龍さんみたいに、あんな格好で屋根に登って幣を振るなんてのは、わけわかんねえってことですよ。それこそ命がけだから」

「……やっぱり命がけなんですね」

嚙みしめるように春菜は呟く。

「木賀建設さんは御幣を被って幣を振ったりしないんですか？　その……曳家のときに」

「しないしない、しませんよ」

木賀は笑った。

「まだ重機がない時代には、普通の曳家も導師が屋根に立って足の裏で傾きを見たそうですが、今もやっているのは隠温羅流だけだと思いますよ？　もっとも、隠温羅流は傾きどころか建物の声まで聞くそうで……それに必要なのがサニワなんですもんね？」

そうなのだろうか。春菜はわずかに小首を傾げた。

「実のところ、サニワというのがよくわかっていません。誰も説明してくれないし」

「よぉーし」

と、年かさの職人の声がした。振り向くと機械が止まったようで、木賀はそちらに手を挙げて、春菜との会話は終わらせるからと部下に示した。

「知ってますか？　幣は依り代なんですよ。あれに神様が降りるんです。導師が神懸かるために必要で、うちも曾祖父の代までは御幣を被ってやってたそうです。あれがないと十中八九屋根から転がり落ちるとか。俺の主観だけど、隠温羅流の場合は神様じゃなくて、建物が懸かるんじゃないのかな」

「建物が懸かる？」

「隠温羅流の場合は並の建物を曳くわけじゃないからね。齢百年を経た物には魂が宿るかって言うでしょう？」

「……付喪神のことですか？」

訊ねてみたが、木賀は持仏堂の前へ行ってしまった。小林教授が戻ってきて、春菜を仮囲いの脇まで下がらせる。万が一にも何かがあってはいけないからだ。

「これで一気に曳くそうですよ。一気といっても数十センチ動かせればいいそうですが」

何もかも隠温羅流の曳家とは違う。

今回の曳家は、駐車場にはみ出すかたちの持仏堂を境内まで後退させて、敷地の形状に合わせて回転させる作業だという。

「いいぞー！」

木賀の声が掛かった。

躯体の下に渡した枕木に取り付いて、計器に目をやり、叫んでいる。

各所に立っている職人たちが緊迫する。派手な音ではないものの、建物と枕木の微かな軋み、それに職人たちの息づかいが相まって、春菜のいる場所まで響いてくる。空気が張り詰め、風も、光も、気温すらも感じなくなる。綱で引こうと、ウインチで引こうと、重量物が動く緊迫感には並々ならぬものがある。

隠温羅流の曳家はいつも憧れの眼差しで見ているが、工事としての曳家は春菜に凄まじい緊張をもたらした。アーキテクツの現場で展示作業に携わることの多い春菜にとって、文化財を取り扱うリアルな工事は他人事と思えないのだ。春菜は思わず腕を組み、その腕で庇うように自分を抱いた。

——おまえが思うほど俺は強くない——

またも仙龍を思い出す。冷静沈着で無敵な男とばかり思っていた仙龍が、初めて明かした胸の内。そのとき抱きしめられた感覚が、自分の腕に蘇ってくる。

あれは仙龍の足に絡みつくおぞましくも猛々しい呪いの影を見たときだった。影は鎖のように彼を縛って、奈落に引きずり込もうと蠢いていた。おそらくあの鎖こそが導師の命を奪うものの本性だ。ひとつ因縁を解くたびに、鎖はひとつ増えていく。だがごく稀に、因縁を解かれて成仏していく者どもが、鎖を外すこともある。

本当に？

そのメカニズムは未だ謎に包まれている。春菜が鎖に気付いたのはごく最近で、道理もわからないのに、迫り来る死の影だけはハッキリ見える。鎖は急激に成長し、仙龍の寿命を貪っている。

——だから、気の強いおまえが泣くのは辛い——

俺のために泣いてくれるな。頼むから。と、仙龍は言った。

職人たちの勇姿を見ながら、春菜の想いは遡る。

隠温羅流の曳家はサニワなくして成り立たない。サニワには奇跡を起こす力すらないが、不穏な事象や、それを引き起こす因縁に遭遇した場合、因を封じて建造物を守るか、もしくは因縁ごと封印するか、はたまたすべてを抹消するか、いっそのこと手を引いてしまうのか、方向を示す役目を担う。サニワの判断が導師の対処を決めるのだ。

「ほーい、ほいほい、ちょっと待てーっ」

誰かが叫んで作業が止まった。わずかな傾きが起こったらしい。木賀が飛んでいって基礎部分を覗き、「ジャッキ！」と怒号が宙を舞う。見ている春菜も肝が縮んだ。

「屋根が重いですからねえ。これは緊張しますねえ」

口ではそう言いながら、呑気にニコニコしているのは教授だけだ。建物と、土台を支える鉄骨と枕木と、それらを載せたコロと重機と職人たちと……呼吸がピッタリ合わなければ、建造物は容易に崩れてしまう。何百年を経た建物が、ほんの一瞬でパアになる。

「ムリ……もう見てられない」

春菜は半歩ほど後ずさりした。

なんだろう。心臓がとてもドキドキする。まるで、子供が川に落ちる瞬間を連続して見させられているようだ。あぶない！　とハッとする感じ。恐怖の瞬間を待つ感じ。曳家の首尾が自分の責任であるかのような激しい鼓動。錣屋根に葺かれた銀瓦を見上げるにつけ、文化財級の建造物を動かすことの重責に耐えきれなくなってくる。自分は手を出せないからこそ、起きるかもしれない不手際が恐ろしくてならない。

こんな仕事を、仙龍は、生業にしているなんて。

「そういえば顔色がよくないですね。どうしたんでしょう」

小林教授が春菜に言う。

冗談ではなく気分が悪い。春菜はハンカチで額を拭い、仙龍のせいよと心で思った。弱みなんかを見せるから、遥か高みにいると思っていた彼が、同じ人間なのだと知ってしまった。隠温羅流が綿々と受け入れてきた運命の、現実的な辛さに気がついた。

あまり寿命のない男。それでも好きになったなら、運命を受け入れるしかないなんて。

あれから春菜は、ずっと答えを探している。自分にそれができるのか。喪うことがわかっているのに、仙龍を好きでいるなんて、そんな辛さに耐えられるのか。

今ならまだ間に合うのでは？　そしてどうする？　答えは簡単だ。仙龍とは、導師とサニワとして一線を引いて付き合うのだ。そうすれば、喪ったときの悲しみは少ない。

澄みきった空に巻雲がたなびく。本堂脇の銀杏が日に透けて、黄金のように輝いている。今この瞬間にも仙龍は、死の足音を聞いているのか。春菜は切なくなってバッグをまさぐり、車のキーを取り出した。

「小林教授。今日はありがとうございました。木賀社長とお話しできて、少し理解が深まりました」

「そうですか？　よかったですねえ」

小林教授は引き留めもせず、訳知り顔で頷いた。

「私、会社へ戻らなきゃ。このあと打ち合わせが入っていて」

どうぞお好きに、と、教授は手を動かした。

「春菜ちゃん？」

「はい。なんでしょう」

小林教授は腰に下げていた手ぬぐいを取り、眼鏡を外して丁寧に拭いた。そうしながら何事か考えているようでもあったが、顔を上げて眼鏡を掛けると、

「いえ、何でもありません」

と頭を振った。

「親方には私からよろしく伝えておきますのでね」

そのほうがよいと春菜も思った。今は、とても声をかけられる状態ではないからだ。

「はい。では、あとでお礼状を送っておきます」

春菜は教授に頭を下げて、逃げるように境内を後にした。

その後ろ姿を見送りながら、教授はニコニコ笑っている。

「そうですか、そうですか……春菜ちゃんは……」

誰にともなく独りごちる。

「少しだけ戦士の顔になりましたかねえ」

そしてすぐさまカメラを抱え、工事の写真を撮りだした。


木賀も心配していたように、大型で勢力の強い台風が列島を縦断する恐れがあるとニュースが警報を出した頃、曳家工事は無事に終わって、持仏堂は新しい場所に収まりましたと小林教授から電話が入った。そのとき春菜は同僚と一緒に、会社が設営した大型サインやパネルなどが風に飛ばないよう見回っている最中だった。

曳家の途中に台風が来なくてよかったと、春菜は心から安堵した。齢百年を経た物には魂が宿ると言った、木賀の言葉が脳裏を過ぎる。曳家が無事に終わったことから推測するに、東按寺の持仏堂もまた次世代に引き継がれるべき建造物だったのだろう。

令和元年十月十二日。六日にマリアナ諸島の東海上で発生し、強い風と記録的な大雨で甚大な被害をもたらすと警告された台風が日本に上陸、夕方過ぎには長野市内も暴風域に突入した。夜が更けるにつれ雨風は激しさを増して、スマホの警告音が鳴り響き、消防車のサイレンと、避難勧告を促す広報車の音が長野市じゅうを駆け巡っていた。

この夜、東按寺の庫裡でも庭守の老人がまんじりともせずに、激しい雨音と、それに混じる不穏な音に聞き耳を立てていた。

キィーイ……キィーコー……という甲高い音である。

音はしばらく続いてふと止まり、眠ろうとすればまた聞こえてくる。

ぼうぼうと風が暴れて、落ち葉が屋根瓦に叩きつけられ、雨は時折強さを増して、ザアッと窓ガラスを洗っていく。サイレンが鳴り、また広報車が通っていくが、何を叫んでいるのか聞き取れない。

ともあれこのあたりで被害は出るまい。近くに川もないし、土砂崩れの起きる地形でもない。だがあの音は……。

老人は布団の中で目を開けた。雨はともかく、奇妙な音が気に障る。

寺では最近持仏堂を曳家したのだが、工事のために片付けたあれこれがまだ境内に散乱していて落ち着かず、竹垣はまとめて脇へ寄せてあるし、寺の由緒を記した立て札が地面に置いたままになっている。大風でそれらが飛んで、某かの不具合を起こしはしまいか、老人はそれが気になるのだった。

あんな甲高い音を立てるのは何だろうと思いながらも、あまりに雨が酷いので寝床にいたが、とうとう我慢できずに布団の上に起き上がった。

嵐のせいか空気は張り詰め、暗闇がピリピリと肌を刺す。

キィーイ……キィーコー、キイー……キィー。

門の蝶番か、もしや吊り灯籠かもしれない。台風が来るというので、寺の薬医門はしっかり閂を掛けたはずだが、金具が錆びて立て付けが悪くなっていたかもしれない。もしも吊り灯籠が鳴っているなら、大風になぶられ、落ちて壊れてしまうのではないか。

考えれば考えるほど心配は募る。竹垣は縄で縛ったが、もっと風の来ない場所に移動させればよかった。立て札が飛んで窓ガラスを割る恐れはないか。

首を回せば障子の奥で、庫裡の裏手に茂った笹が山姥の蓬髪のように乱れている。ザアッと鳴って笹の葉が舞い、追いかけるように雨が当たった。

キィーイ……キィーコー……。

風が静かになったとたんにまた音がする。耳を澄ませば獣の鳴き声にも思え、持仏堂の下に猫でも逃げ込んだのではと心配になる。この風と、この雨だ。大きな被害が出なければいいが……キィーイ、キィーコー、キィーイ、キィーコー……すすり泣く声にも思われるのは、妙に冷え込んできたからか。はて、台風で寒くなるとは面妖な。

吐息が闇に白く浮かんだ。気象の変化も心配ながら、今はやっぱりあの音だ。

掛け布団の上をまさぐると、老人は羽織を引き寄せた。とりあえず背中に纏って立ち上がり、襖を開けて廊下を覗くと、縁側のガラス戸に雨が流れて外の様子はまったく見えない。境内を囲う塀の上に時折赤いライトが光る。パトカーか、救急車かもしれないが、雨が酷すぎてサイレンの音すら聞こえない。ニュースで警告されてはいたが、長野市内に避難勧告が出るような事態が、まさか本当に起きるとは。

「長野は台風に強かったはずだがなあ」

誰にともなく呟いて、耳を澄ました。キィー……音はやはり庭から聞こえる。

部屋に戻って引き出しを開け、必要な道具を探した。

この寺で下働きをするようになってから、竹垣を縛るシュロ縄や剪定バサミや筅など、必要な備品はすべて整理しておくようにしている。おそらく錆びた蝶番が鳴るのだろうと当たりをつけて、機械油を探し出す。

羽織の上から雨合羽を着込み、片手に油、片手に懐中電灯を持って庫裡を出た。

玄関を開けたとたんに、容赦なく雨が打ち付けてくる。空は灰色一色で、バタバタと合羽が風に鳴り、目にも雨が吹き付けてくる。

「こりゃたまらん」

老人は目深にフードを被ったが、風がそれを引きちぎろうとするかのようだ。打ち付ける雨が外灯の明かりに光って、さざ波のようだ。本堂は闇に溶け、踊るように樹木が揺れる。その時だった。

「はて」

老人は小首を傾げた。

雨の匂いに混じって異様な臭気が、鼻先をかすめたからだった。またも寒さが下りてきて、吐く息が白く凍っていく。こんな時刻に、まさか干物の臭いでもなかろう。懐中電灯を持った手で鼻をこすると、光が雨を照らし出す。やはり微かに臭いを感じる。雨風に飛ばされたゴミが臭うのだろうかと思ってもみたが、寺が密集する地域だから、生臭物を商う店も、それを好む家もない。でもこれは……老人は首をすくめた。

嗅いだことのある臭いだと思う。

刹那、雨も風も止み、老人はその場に立ち尽くしたまま、心の中で過去へと戻った。

昔、まだ子供だった頃に嗅いだ臭いに似ている。八十年近くも前である。

老人が生まれた山間部の村では、当時まだ土葬が一般的だった。どこかの家で葬式があると、長い竹竿の先に供花や供物や籠を吊して、死者の家から村外れの墓地まで、葬送の行列が長く続いた。坊主(ぼうず)に遺族、棺桶(かんおけ)を担いだ親族や友人知人が列をなし、行列が長いほど死者の格も高いとされた。墓地に着くと穴を掘って棺(ひつぎ)を横たえ、土をかぶせて土饅頭(どまんじゅう)ができる。だから死んだばかりの仏の墓は、もっくりと盛り上がっていたものだ。

キイー……キイーコ……また音がして、悪臭を感じる。

老人は記憶を辿る。

朝がきて、夜がきて、墓場に陽(ひ)が射(さ)し、雨が降り、朝露や夜露に濡(ぬ)れながら……そうしてある日気がつくと、土饅頭はガッタリ落ちて窪(くぼ)んでしまう。墓場に大きな穴が空く。今にして思えば棺桶が腐ったせいなのだが、それは死者が成仏した証と教えられた。もっと昔は、そうなると墓の底から遺骨を拾い、水で清めて再び埋葬していたという。骨洗いという儀式だが、老人の里ではそうしなかった。

墓穴は窪んだまま、また日が経って、いつしか平らにならされた。盛り上がった土饅頭は死人を連想させて怖かったものだが、窪んだ墓は寂(さび)しい気がした。もう、そこに死者の体はないと、思い知らされる気がしたからだ。

「……ああ……厭(いや)な晩だな……」

老人は呟いて、大雨の中を歩き出す。

雨は、若気の至りが引き起こした許されない背徳を思い出させる。そうだ。この臭い。

老人は懐中電灯を持つ手に力を込めた。

キイーィ……キイーコ……門が軋むというよりは、木と木がこすれる音にも思える。脳裏にあるのは村の墓場だ。一緒に野山を駆け巡っていた悪童たちと、鍬やシャベルを持ちよって、真夜中の墓場に立った。

某のところの嫁さんが、産後の肥立ちが悪くて死んだ。まだ若い嫁さんだった。その死体を埋めた墓が、土饅頭になっていた。

女の裸を見たことあるか？

そう訊いてきたのは悪たれどもの親分で、兄たちとコソコソ話をしていた。自分はまだみそっこだった。『みそっこ』は、幼すぎて遊びや喧嘩に加われず、ただ連れ回されている幼児のことだ。

女の裸を見たことあるか。嫁さんの墓を暴きにいかんか。

素知らぬ顔で兄たちの企みを聞いていた。女の裸にまだ興味はなかったが、兄たちが何かをしでかすのだということだけは理解ができた。自分が仲間はずれになることも。けれど、こっそり後をつけようと決めていた。

見上げた空は灰色で、外灯の明かりが三角形に闇を裂き、そこに雨粒が光っている。あの晩も雨だった。兄がコッソリ寝床を抜け出したので、自分も起きて後を追った。兄たちは納屋から鍬やシャベルを持ち出すと、当時は貴重だった懐中電灯で地面を照らして庭を出た。そしてしばらく歩いたところで、自分を見つけて驚いた。

いの坊、なんでついてきた。

懐中電灯はひとつしかない。儂を帰すには明かりが足りず、告げ口されても困るから、一緒に連れていくことにした。

いいか、このことは黙っておれよ。もしも母ちゃんに何か言ったら、二度と遊んでやらんぞ、いいか。うん。言わん。誰にも言わん。

そのときのことを思い出し、老人は微かに笑った。

悪たれどもが全部で五人。手に手に道具を持っていた。真夜中の墓場は真っ暗で、闇という闇に亡者が潜む気配がしていた。他人の墓を暴くなど、すべては若い性欲のなせる業だったと思う。そうだよ、これはあのときの臭いだと、老人は頷いた。記憶の底から蘇ってくるあの臭い。腐葉土とカビとキノコと糞尿と、干物の臭気が混ざり合う。

……死人の臭いだ。

某の嫁さんの棺桶は、四角ではなく樽形だった。土饅頭をよけて蓋を縛った縄を切り、兄たちが蓋を持ち上げたとき、悪童が懐中電灯で中を照らした。経帷子の下の豊満な肉体を拝むつもりが、湧き出してきたのは不快な臭いと、膨らんで飛び出た舌と眼球、青黒く変色した鬼の形相……老人は身震いをした。

ざざざざ、ざぁっと風が吹き、銀杏の葉がこぼれて落ちる。雨は容赦なく口に入って、風がフードを剝ぎ取った。

「……罰が当たった」

停電になったのか、そのとき外灯の明かりが消えた。パトカーのサイレンも広報車の声も鳴りを潜めて、もはや地面は雨を呑(の)み込(こ)めず、履いていた靴に染(し)みこんできた。

早く仕事を終わらせようと、老人は境内を進む。

時折風に体をとられた。よく知る庭は色がなく、まるで水中をたゆたうようだ。空気は碧(あお)く、影は濃く、雨風の音しか聞こえない。

じゃくじゃくと砂利を踏みながら持仏堂の近くへ行ったとき、老人は、おや？　と思った。また風が、ぱたりと止まってしまったのだ。雨は変わらず降っているのに、聞こえるのは自分の足音と、異音だけになっていた。

キイィー、ヒイー……門は右手にあるのだが、音は左手の、持仏堂のほうから聞こえる気がする。閂の金具が軋む音だと思えばこそ怖くなかったが、なぜ、持仏堂が鳴るのだろう。お堂には門も閂もなく、扉は閉まって、揺れてもいない。耳を澄ませば、音はやはり持仏堂から聞こえるようだ。それに加えてこの臭い……やはり死臭と思われる。

キイイイィ……ひいぃいぃい……

老人は歩くのを止めた。今度はハッキリ人の悲鳴に聞こえたからだ。

緞帳(どんちょう)のように冷気が落ちる。銀色に光っていた雨粒も消え、境内が闇に包まれる。ひい……ひいぃ……と泣き声がする。キ、キイーッ……と、木が擦れるような音もする。持仏堂も、竹垣も、庭石も、灯籠も、墨を流したように黒くなる。ヒタヒタと恐怖が背中を這い上がる。どうしてこんなに寒いのだろう。冷気が毛穴を刺すようで、体が冷たく、硬くなる。不穏な気配に怖じ気づいても指先ひとつ動かせない。老人は目だけでギョロリとあたりを窺う。

ひときわ闇が濃い持仏堂の床下に、雲霞のごとき靄が渦巻く。それは邪悪な気を吐きながら、風のように近づいてくる。逃げよと心が叫んでいる。老人は唇を噛み、のけぞるように体を倒す。その刹那、突き飛ばされたように足が動いた。

思わず後ずさったとき、足の下に何かを踏んだ。細い枝のような感触だった。はっと口から息を吐き、懐中電灯で地面を照らすと、濡れた地面に一本の面相筆が落ちていた。

なぜこんなものが境内に？　筆はあたかも輝いて見え、老人は屈んでそれを拾った。誰かいるのかと果敢に周囲を照らしてみたが、丸い光に浮かぶのは、霧のごとき銀の雨と竹垣の束、四国の青石、荒川の日野竜岩、ツツジの藪やススキの穂がうねるさま、持仏堂の暗い床下……奇妙な異音も、もう聞こえない。

なあんだ、と踵を返したそのとたん、

ひぃいいいっと、足下で声がした。見れば地面から女の頭部が、庭石さながらに生え出している。まだ若い女だ。老人は、幼い頃に墓場でまみえるはずだった、某の嫁さんの面影をそこに見た。女は首から上だけを出し、ほかは地面に埋められている。老人は面相筆をキュッと握った。雨が激しく打ち付けて、女の長い黒髪に染み入り、真っ白な顔に張り付いている。その首は無残にえぐれて肉がめくれ、おびただしく血を流している。疵は気道に穴を開け、笛のように呼吸が漏れる。

木が擦れる音と思ったのは首に食い込むノコギリで、女は土中に埋められて、生きながら首を切られていたらしい。顔色はなく、紙のように白くなった顔に血しぶきが飛び、青白い唇が喘いでいる。墓穴から出たのは青鬼のごとき屍体であったが、こちらの女はそうではない。乱れた髪が唇に垂れ、すがるように見上げる目には媚びるかのような色気を感じる。懐中電灯も油も地面に放り投げ、老人は地面に座して筆を持つ。

疾うに死人の顔となった女が睨む。生きながら斬首されていく女の恐怖と苦しみを、老人は代わりに味わう。喉は裂け、あふれ出る血が肺に溜まって呼吸はできず、女は自分の血で溺れていく。ひ、ひいぃいぃ……どれほど喘いでも助けは来ない。

老人は筆を動かす。

首だけの女は蒼白だ。その目が老人に訴えてくる。

お願いだ。いっそひと思いに殺しておくれ。

雨と風が止む気配はない。サイレンが鳴り響き、随所で警報の音がする。

千曲川の土手が決壊し、濁流が街を呑み込んでいく。

長い夜が明けたとき、東按寺の境内では、両目をカッと見開いたまま、亡骸(なきがら)となった老人が、空をつかんで転がっていた。

其の二

長坂（ながさか）の開所式

ヒマラヤスギの中ほどをトンボの影がかすめていく。秋晴れの空には雲ひとつなくて、堂々とした赤煉瓦(あかれんが)の建物に柔らかく秋の陽が当たっている。

大型の台風が各所に甚大な被害をもたらした翌週のこと、アーキテクツの得意先である長坂建築設計事務所は予定通りに開所式を迎え、春菜はその手伝いに駆り出されていた。

同建築設計事務所の所長である長坂金満(かねみつ)は、ハイセンスでモダンながらも適正価格の設計施工を得意とし、公共事業に数多くの実績を持つが、その実は下請けを泣かせることで有名だ。今までは大御所設計士の事務所を間借りして仕事をしていたのだが、大先生が事務所を閉めることになったので、晴れて自分のオフィスを開所した。新事務所は重厚で美しい赤煉瓦の建物で、明治期に建てられた廃教会をベースにしている。

この教会は札付きの因縁物件で、五十年近くも荒れ放題になっていたのを、長坂が安価で買い取ってギャラリー兼事務所として使うことになり、アーキテクツの商業施設事務局が改修工事を請け負った。営業として春菜も工事に関わり、ようやく今日、オープンの日を迎えたのであった。官公庁が集まる場所に近いという好条件な立地だが、入り口が狭く奥で広がる旗竿地(はたざおち)で、私道部分は車のすれ違いができないため、来客用の駐車場はない。

「高沢さん、また花が届きましたけど、これ、どうすればいいですか？」

私道の入り口で騒いでいるのはデザイナーの比嘉（ひが）である。ここのキープランに関わった縁で、開所式設営の手伝いに来てくれているのだ。

「事務所の中はもう一杯よ。あ、でも、エントランスの花台をつめればまだ置けるかも」

「わかりました」

と比嘉は言い、業者からスタンド花を受け取った。ステンレスの脚付きで、見栄えのいい祝い花は長坂と付き合いのある企業から贈られてきたもので、社名を記したカードが添えられている。比嘉の後ろにも鉢を抱えた花屋が到着したので、春菜は比嘉と入れ替わりに胡蝶蘭（こちょうらん）の鉢を受け取った。

表の道路では同僚の轟（とどろき）が交通整理をしているが、如何（いかん）せんここは道が狭い。晴れの開所式に近隣住人から苦情が出てはまずいので、春菜は汗だくになりながら私道と敷地を行き来している。開所祝いに合わせてスーツ姿なので、余計に暑い。

胡蝶蘭の受取書にサインしていると、轟が脇を通って、「悪いね」と苦笑した。次々に祝いの花が届くので交通整理も大変だ。春菜は日頃から長坂のことを『悪徳設計士』だの『パグ男（お）』だのと揶揄（やゆ）しているが、花や祝電の多さをみると、長坂が発注元からどれほど信用を得ているのかがよくわかる。たぶん、人柄と才能は比例しないものなのだ。

建物は極力既存の雰囲気を保ちつつ、礼拝堂をギャラリーとして一般公開することになっている。かつては入り口上部にマリア像などもあったのだが、工事の際に落下して破損してしまい、今はその場所にバジリカの設計図面が飾られて、随分設計事務所らしくなってきた。オープンからしばらくの間は、長坂が設計した既存建築物の完成写真や設計図などを展示する企画展が開かれるので、それを見に来る一般客もいるはずだ。この企画展は春菜の発案で、公共建築物と個人住宅両方の成果を展示することで、因縁物件を事務所として再利用することに近隣住民の理解を得るほか、長坂が新規顧客をつかむチャンスにつなげる目的がある。

鉢を抱えてギャラリーに入ると、細長い窓から射し込む光が独特の雰囲気を醸し出していた。梁が剝き出しになったアーチ形の天井も、二重構造の祭壇も、惚れ惚れするほど美しい。時を経た建物には新築物件が遠く及ばない何かがある。胡蝶蘭を飾るのにピッタリの空間を探して鉢を置き、花の向きを見栄えよく整えていると、奥の事務所から長坂が落ち着かない顔で現れた。高価なスーツに身を包み、キョロキョロしながらやってくる。あと一時間もすれば招待客が詰めかけて、歴史ある建造物と、それを蘇らせた長坂を褒め称えることだろう。

春菜は天敵と定めるほどに長坂が嫌いだが、能力と人格を切り離して付き合うことを覚えてからは、かなり冷静な対応ができるようになった。

「あー、春菜ちゃん、ちょっと」

黒のハイネックに黒のジャケット、細身のパンツにイタリア製の靴を履き、赤いベストをチラ見せしている長坂が、大きな目玉をグリグリさせて春菜を呼ぶ。パグそっくりの彼を見るたび、犬のパグは可愛いのに、どうして長坂は可愛くないのだろう、と思ってしまう。

「はい。なんでしょう」

立ち上がって訊くと、

「あのさ、このベストなんだけど」

長坂はモジモジしながら近寄ってきた。

「前は開けたほうがいいと思う？　閉めたほうがいい？」

何かと思えばファッションの見栄えだ。いつもは横柄で無礼な物言いをするくせに、さすがの長坂も主人公になる日は緊張するようだ。

長坂建築設計事務所のスタッフは二名だけで、それも大先生の事務所が手配してくれた助っ人だ。彼らは事務所で飲み物や食べ物の準備中で、開所式の仕込みや運営はアーキテクツがボランティアで尽力している。春菜は長坂をまじまじと眺めた。

「前開きでチラ見せの今も素敵ですけど――」

ポコンと突き出たお腹がやや目障りだが、そうとは言わずに春菜は続けた。

「――今日は正式なお祝いの日ですから、ボタンを閉じたほうがカッコいいと思います」

「そう？　そうだよね」

長坂はそそくさとボタンを閉じた。

身支度が調うのを待ってから、胡蝶蘭の受け取り伝票を長坂に渡す。

「外にもスタンド花が届いていますから、あとでご覧になってください。たくさんお花をいただいて、すごいですね」

長坂は伝票を見ると、首を傾げた。

「岡本絹恵って誰だろう」

「所長が住宅を設計された方では？」

「顧客の名前は覚えてるけど、岡本なんて知らないぞ」

顧客は絶対に離さない長坂だから、薄情で言っているのではなく、本当に知らないのだろう。それで春菜はピンときた。けれど長坂には黙っていた。

「そろそろお客様が見えるはずですから、私は外を見てきます」

そう言って建物を出ていくと、入り口扉の両側にスタンド花が四台も並んでいた。

「わ、すごい。あっという間に増えちゃったわね」

「たぶんこれで全部だと思いますけど、置けてよかったですね」

花台を動かしながら比嘉が言う。

「そうよね。華やかになって、いよいよって感じがするわね」

スマホで時間を確認すると、招待客が到着するまで三十分を切っていた。春菜はハンカチで汗を拭き、庭を含めた仕上りを見た。当初は草茫々で陰気な荒れ地でしかなかった庭も、今では見違えるほどきれいになって、敷石や化粧砂利の合間に季節の花が咲き乱れている。日陰が作られ、ベンチが置かれ、もはや事故物件の面影はない。

「本当にきれいになりましたね」

目を細めて比嘉が言う。

「息子が大きくなったら連れてきて見せたいくらいです」

エントランスの階段を下り、春菜は建物を振り返る。

ヤブカラシや蔦に覆われていた廃教会も見違えるほどきれいになった。ボサボサだったヒマラヤスギの枝を払い、足場を掛けて丁寧に窓を磨いてくれたのは鐘鋳建設のコーイチだ。コーイチは鐘鋳建設の見習い職人で、お日様のような性格をしている。いつも仙龍と一緒にいるコーイチは、春菜にとって弟のような存在である。

「この建物を残してよかった。ほんとによかった」

春菜は誰にともなく呟いた。

こうして無事に晴れの日を迎えると、仕事の苦労も報われる。春菜は庭に出てチョコレートコスモスと青いセージを摘み取った。花束にまとめて比嘉を見る。

「比嘉さん。私、ちょっと行ってくるわね」

長坂に胡蝶蘭を贈ってきた岡本絹恵という人に、春菜は心当たりがあったのだ。

「わかりました。行ってらっしゃい」

どこへ行くのかわかったらしく、比嘉はニコニコ笑っている。

春菜は庭園を奥へと進んだ。

この教会には地下墓地がある。明治期に建造されたとき、周辺の開発が進むことを見越した設計者か牧師が、あらかじめ地下に埋葬場所を造ったのである。すでに安置された遺骨もあったため、改修工事に際し、地下墓地はそのまま残されたのだ。

春菜の行く手には地下墓地へ下りるための新しい入り口がある。もともと墓地の入り口は教会内部の祭壇脇に設えられた隠し扉だけだったのだが、ここが設計事務所になった今、墓参のたびに参拝者が事務所を通るというのも不都合なので、屋外に新たな出入り口を設けたのだった。長坂には心当たりがなかった岡本絹恵という女性はおそらく、地下墓地に埋葬されている信者の遺族だろうというのが春菜の推理だ。長坂に礼を言いたくて、胡蝶蘭を贈ってきたのだ。

新しい入り口は敷地の奥に、霊廟(れいびょう)を象って建造された。改修工事を請け負った当初は予定になかった設備だが、長坂から受け取った曳家代から鐘鋳建設が資金を捻出(ねんしゅつ)して造ってくれたものである。長坂は、自分ではビタ一文払わないぞと啖呵(たんか)を切ったが、障りを鎮めるためだと聞けば寛容で、鐘鋳建設に工事を許した。とことん怖い目に遭ったからである。そのときのことを思い出すと、春菜は今でも笑ってしまう。
霊廟の入り口は清楚な花を彫刻した真っ白な門であり、オリーブの枝をデザインした鉄の扉がついている。扉には鍵がなく、誰でも開けることのできる簡易錠が下りている。春菜は錠を外して扉を開けた。

地下墓地まではゆるやかなスロープになっている。車椅子でも墓参できるようにと、仙龍が配慮してくれたのだ。秋の陽射しがスロープ奥まで入り込み、両側の壁をオレンジ色に照らしている。墓地から吹き上がる風は優しく、永遠を思わせる土の香りがひっそりとする。コスモスとセージの花束の、健やかな匂いとは対照的だ。

わずか数メートル下りると地下墓地に着く。内部は広く、四隅にカンテラを灯した聖人の銅像が、中央に十字架が立っていて、周囲の壁がすべて遺骨を置く棚になっている。工事したときケーブルを引いて、墓所内を照らす照明を取り付けた。照明は太陽電池の蓄電式で、ＬＥＤの微かな明かりではあるが、真っ暗になることはない。定期的にバッテリーの交換が必要だが、そこは長坂との契約でアーキテクツが管理を請け負うことになっている。

墓所に立って内部を見渡す。遺骨は棚に剝き出しのまま置かれているが、恐ろしいとか、汚らわしいという感じはしない。髑髏の眼窩は微笑んでいるように見え、土から生まれた人間が、また土に還るのだという聖書の記述を思い出させる。教会がまだ悪魔の家だったときに災禍に見舞われてしまった牧師とその家族も、ここに眠っている。

春菜は遺骨に花束を供えて手を合わせ、建物と長坂の事務所が平穏でありますようにと祈りを捧げた。


夕方五時過ぎ。

開所式は滞りなく終了し、お手伝いを終えた春菜たちスタッフに長坂から祝いの品が配られた。祝い熨斗をかけた包みの中は、安永八年創業という善光寺酒饅頭本舗つるやの紅白饅頭で、甘酒の絞り汁を用いた虎屋饅頭の製法を今に伝える老舗の品だ。

「うわ、ありがとうございます」

春菜は素直に礼を言った。

「あとさ、春菜ちゃん。お饅頭は井之上さんたちの分も用意したから、あとでみんなに渡してくれない？」

長坂は、さらにいくつかの包みを春菜に渡した。

ここへは営業車に乗り合わせて来たので、轟が駐車場まで車を取りに行っている。井之上は私道に置いたバリケードを片付けているし、比嘉もその手伝いをしている。代表で全員の饅頭を受け取ると、春菜の両手は包みで塞がった。

「いやいや。今日はホントに助かったよ」

長坂は上機嫌だ。このあとは大先生の事務所仲間と飲みに行くと言い、一緒にどうかと誘われたものの、春菜は慇懃に断った。

「あ、そう？　そうだよね？」

長坂は即座に笑い、

「じゃあさ、悪いけど、ちょっと頼まれてくれるかな」

手をこすり合わせて言った。

「あのさ……大学時代の友人が祝いの品を贈ってくれたんだけど、昼間は道路が混雑するから配達を遅らせてもらったんだよね──」

なんとなく、饅頭の重みが増した気がする。

「──でも、まだ届かなくってさ。問い合わせたら、もう少し時間がかかるって言うんだよ。でも、ぼくは今日の主役だし、主役なしに飲み会はできないだろ？」

長坂の言いたいことはわかったが、腹が立ってきたので黙っていた。

「だからさ、ちょっとだけ残って、荷物を受け取ってほしいんだよね」

なんでこいつは、気分よく仕事を終わらせることができないのだろう。こんな時間になってから、まだ用事を言い付けられるとは。私は、早朝から、一日中、昼食もとらずに、ボランティアで、手伝いをしてきたんだぞっ。春菜は息を吸い込んだ。

「でも、所長。事務所は閉めて行かれるんですよね？　私が荷物を受け取っても、置いておく場所がないじゃないですか」

遠回しに断ると、

「あ、別に、明日届けに来てくれればいいから」

長坂はさっさと電気を消して春菜を追い出し、外灯を点けた。煉瓦造りの建造物や庭園が、間接照明に浮かび上がる。

「惚れ惚れするほどきれいじゃないか」

満足げに言ったと思ったら、

「それじゃお願い」

長坂は逃げるように私道へ駆けていく。脱兎のごとき早業だった。

「え、ちょっと所長……てか、もうっ！」

春菜は思いきり地団駄を踏んだ。両手に饅頭を抱えたままでは、追いかけることも、引き留めることもできない。同時に私道の先でクラクションの音がした。轟が車を回してきたのである。春菜は大股で車まで行くと、険のある声でこう言った。

「私、まだ帰れない！」

「え、なに、どうしたの？」

運転席の窓を開けて轟が訊く。

助手席には上司の井之上が、後部座席には比嘉と受付事務員の柄沢が座っている。柄沢が後部座席のドアを開けてくれたので、饅頭の包みを積み込みながら春菜は言う。

「これ、長坂所長からお礼だそうです。つるやの酒饅頭」

「ラッキー、私、大好物なの！」

柄沢は喜んだ。

そりゃそうだろう。長野市に住んで、つるやの酒饅頭を嫌いな者などいるはずがない。春菜だって大好物だが、それとこれとは話が違う。

「まだ帰れないってどういうことだ」

助手席から井之上も訊く。

「宅配便が届くんですって」

自分の饅頭だけ手に持って、春菜は唇を尖らせた。

「勝手に夕方配達に変更したくせに、私に荷物を受け取っておけって言うんですよ？な、が、さ、か、所長が」

パグ男と呼ぶのは堪えたが、所長という部分に怨念がこもった気がする。

「事務所はきっちり閉めちゃって、荷物は明日届けてくれって」

「それなら明日配達に変更すればよかったんじゃや？」

井之上が呆れて言った。

「そうですよ、誰が考えたってそうですよ。そうでしょう？　わけわかんない」

「高い饅頭になったねえ」

轟はヘラヘラ笑っている。どうせ他人事だと思っているのだ。轟に怨みはないけれど、ますます腹が立ってくる。今日は気分よく仕事を終えられたはずなのだ。昼食を食べられなくても、休憩時間がとれなくても、そんなことはどうでもよかった。来る人来る人が建物を褒め、そのたび廃教会を復活させた苦労が報われるようで、それがものすごく幸せで、充足感を味わえた。それなのに……。

遠くに車のライトが見えて、春菜はバタンとドアを閉めた。公道とはいえ、すれ違いがやっとの道なので、停車したまま長話はしていられない。

「いいんです。わかっています。いつもの嫌がらせなんですよ。宅配業者さんに罪はないから、残って荷物を引き取ります。もう行ってください」

「じゃあ、帰りはどうするんだ」

井之上が訊く。車のライトが近づいてくる。

「バスで帰りますから大丈夫です。奥に車が来てますし」

「まあ。じゃ、お疲れさん」

轟がエンジンを掛けたとき、後部座席の扉が開いて、比嘉が車を降りてきた。

「なら、ぼくも残りますから。どうもお疲れ様でした」

自分の饅頭をしっかり持って、比嘉は轟に行けと言う。後続車の進行を妨げないよう、春菜と比嘉をその場に残して、轟たちは出発した。二台の車を見送った頃、あたりはいよいよ暗くなり、電柱に設置されているレトロな街灯に明かりが点いた。周辺の住宅はまだひっそりと静まりかえっている。

「比嘉さん、どうして残ったの」

訊くと比嘉はニッコリ笑った。

「高沢さん独りじゃ時間を持て余すと思ったからです。幸い、ぼくの家は歩いて帰れる距離ですし」

自分に気を遣ってくれたのだと春菜は思った。

開所式を終えて生まれ変わったとはいえ、もとは曰く付きの建物だ。工事の際には比嘉自身も大けがを負って、一時はデザイナー生命が危ぶまれるほどだった。それもあってか、今日も外の手伝いには積極的に参加してくれたが、建物内部へ入ろうとはしなかった。正直なところ、暗くなってから独りで留守番に残るのは、春菜も怖かったのだ。

「うわ……ありがとう」

春菜は心から感謝した。

「本当は、もう大丈夫と思っていても、時々思い出しそうになって怖かったのよ。助かるわ」

「そりゃそうですよ。長坂先生みたいな鉄面皮ならともかく、男のぼくでもちょっと怖いですから。早く荷物が来るといいですね」

私道の奥へ目をやると、誘うように設置した足元灯の先にヒマラヤスギと尖塔が浮かび上がって、荘厳な景色を描いている。その美しさは圧巻だ。

「本当にきれいになりましたねえ」

「うん。夜は見せたいものだけ見せられるからいいわよね。照明が当たっていないところは隠せちゃうから、まるで教会が夜空に浮かんでいるみたい」

「こんなにきれいな教会だったんですねえ。怖い目にも遭いましたけど、ここを残せてよかったですね」

比嘉のおかげで気分が晴れて、二人で私道を戻ってみた。

絶妙にガーデンライトを配した庭は素晴らしく、背景の赤煉瓦や洋風の窓と相まって、夢のような空間が演出されている。草花の香りが立ちこめて、春菜はふと、この教会を守っていた牧師と家族が、今はこの庭園を楽しんでいるのではないかと思えてきた。長坂への怒りも消えて、よい仕事ができたという幸福感が募ってくる。

「比嘉さん、お腹空かない？」

比嘉は笑った。

「空きました。今日は働き詰めだったし」

庭園のベンチに腰を掛け、春菜は長坂にもらった酒饅頭の包みを開けた。

「あ、お饅頭なら、ぼくの分も」

「いいのよ、それは奥さんと食べて。私はどうせ独りだし」

化粧箱の中には『長坂建築設計事務所開所祝い』と書かれた紙と、巨大な紅白の饅頭がそれぞれ二つ入っていた。白い饅頭を比嘉に渡して、春菜も自分の分をとる。両手に持ってビニールを剝くと、ほんのりと麹が匂い立つ。

「ああ、いい匂い」

「そうですね」

生地はしっとりもちもちとして、嚙めば仄かな塩味を感じ、上品な漉し餡と、味わい深い皮が口中で溶け合う。添加物を使わず日持ちしないので出来たては地元で食べるほかないが、善光寺七名物にも数えられていた伝統の味である。

「うわあー……美味しいー……」

しみじみと幸福を感じる味だ。

「そうですね」

比嘉が『そうですね』しか言わないので、笑ってしまった。

美しい建造物を眺めながら、夕風に吹かれて食べる酒饅頭は最高だ。結局二つずつ食べ終えて、空箱や包みを片付けているとき、長坂の荷物が配送されてきた。受け取りにサインして業者を帰す。届いた品はステンレス製の傘立てで、一抱えもある重量物だった。

「これをどうやって運べっていうのよ」

こんなに大きな品が来るとは想像もしていなかったので、再び腹が立ってきた。車は帰してしまったし、長坂はどうしろと考えていたのだろう。

「電話で妻を呼びますよ。車で迎えに来てもらって、品物はぼくが明日届けに来ますから」

苦笑交じりに比嘉が言う。

「え。いいの?」

「全然オッケーです。高沢さんにはお世話になっていますしね」

比嘉がスマホで家にかけると、五分もしないうちに奥さんが車で迎えに来てくれた。助手席のチャイルドシートに生まれたばかりの長男がいる。たしか名前は大ちゃんだ。今までは恋愛や家庭に憧れを持つことなどなかったし、自分は結婚に向いていないと思い、誰かのために生活を変えるつもりもなかった。ところが、かわいらしい赤ちゃんや奥さんの笑顔を見ていると、春菜は羨ましくなってきた。

「大ちゃん、かわいいなぁ……ホントにかわいい」

比嘉がトランクに荷物を積み込んでいるあいだ、春菜は助手席を覗いていた。

「我が家で一番の暴君だけどね。おっぱい飲むことと、泣くことと、おしっことウンチしかできないのに、誰よりも影響力があるのよ、信じられない」

比嘉の奥さんが笑っている。それがどういう生活なのか、春菜にはまったく想像できない。けれど比嘉の奥さんは、今までで一番きれいな笑顔をしていた。運転手を比嘉に替わって、春菜は奥さんと後部座席に並んで座った。比嘉が会社まで送ってくれるというので、甘えさせてもらうことにしたのである。

車は官公庁が並ぶ道へ出て、坂を上った。どんつきにはかつて小林教授が教鞭(きょうべん)をとっていた北部信州(ほくぶしんしゅう)大学の教育学部があり、右へ折れると市街地へ出る。

「ああ、そういえば」

バックミラーの中で比嘉の目が、チラリと春菜を窺った。

「このあたりで最近、妙な事件が起きているって、高沢さん、知ってます?」

「妙な事件って?」

車は善光寺の参道でもある中央通りの信号へ向かう。

「新聞社の仲間から聞いた話なんですけど」

ハンドルを切りながら比嘉が言う。デザイナーとして独立するまで、彼は地元の朝賣(あさうり)新聞社で社会部の記者をしていたのだ。

「頻繁に一一〇番がかかってくるらしいです」

「何かの事件? え、喧嘩とか? 放火?」

そこが不思議なんですよと比嘉は言う。

「血だらけの女を見たとか、血だらけの腕が落ちているとか通報があるそうで」

「え」

思わず隣を見ると、比嘉の奥さんが頷いた。

「どういうこと?」

「警察が駆けつけると何もないのよ。いつもそう」

奥さんが補足した。

「え、なにそれ、わからない」

「ですよねえ」

と、比嘉も言う。

「最初は十夜会に参加した人の通報だったそうなんです」

「十夜会って、善光寺さんの夜会のことよね? 夜に本堂へお参りする」

「十月と十一月に、それぞれ十日ずつ開かれる会よね」

またも奥さんが隣で言った。

「中央通りを帰るとき、裏道で血だらけの女を見たと通報してきた人が最初で、目撃者も複数いたので悪戯ではないと思うんですが、周囲を探してもそれらしき人は見つからなかったそうなんです。でも翌日にまた一一〇番通報があって、今度は狼らしき獣が内臓を咥えているのを見たと」

「比嘉さん……奥さんと二人で私をからかっている？」

春菜が訊くと、滅相もないと比嘉は言った。

「可笑しな話ねって、二人で言ってたくらいなのよね。それで、こういう話はアーキテクツさんのほうが詳しいんじゃないかって」

悪びれもせずに奥さんが言う。比嘉が続けた。

「そんなことが続くので、社会部の記者が取材をしたら、興味深いことがわかったんです。関係があるかどうか知らないけれど、ちょうど台風が来た夜に、東按寺というお寺で庭守のお爺さんが変死したっていうんですよね」

比嘉は首を傾げた。

「東按寺って、駐車場の拡張工事をした？」

「拡張工事は知らないですけど、善光寺近くのお寺です」

「持仏堂を曳家したのよ。小林教授に話を聞いて、工事を見せてもらったんだけど」

「ああ、そうだったんですね。鐘鋳建設さんでやったんですか？」

「違うのよ。木賀建設さんという曳き屋さん。鐘鋳建設とも懇意のようだったけど、持仏堂は因縁物件じゃなかったから……長野は曳き屋さんが多いんですって。教授に聞いて初めて知ったわ」

赤信号で車が止まると、左手奥が善光寺である。すでに参道の灯籠に明かりが灯り、厳かな雰囲気に包まれているが、もちろん血だらけの女や狼などいない。比嘉は続ける。

「じゃあ、庭守の人もご存じでしたか」

「ううん。お寺の人とは会ってないの。工事を見ただけだから。でも、変死って？」

「門のあたりに倒れて亡くなっていたのを、朝になってご住職が見つけたとかで、変死扱いで警察が入ったので取材に行ったようなんですけど……まあ、そっちは結局心臓発作で事件にはなりませんでしたけど……でも」

顔が、と比嘉は眉をひそめた。

「顔が、どうしたの？」

「普通じゃない形相だったらしいです」

「目を開けたままだったんですって。それに、首に変な痣が……ね、そうよね？」

バックミラーの中で比嘉の目が動く。

「そうです。だから検視にも時間がかかったって」

「え。なんの痣なの？　風で何かが巻き付いたとか？　まさか首を絞められた痕じゃないわよね」

「吉川線もなかったし、索条痕じゃなかったみたいです」

「吉川線？」

何の線だろうと思って訊くと、比嘉の奥さんが、

「被害者が首を絞められまいと抵抗したときにできる、ひっかき傷のことですよ。自殺か他殺か調べるときには、重要な証拠になるみたい」

と教えてくれた。

「私も社会部にいたからね」

物騒な話題にもニコニコしている。二人は職場結婚だったのか、と春菜は思った。

「お爺さんの死が一一〇番とも関係あるの？」

「それが始まりじゃないかと思って、ぼく的に注目してるんですよ。だって、それまで聞いてなかったですから、一一〇番が相次ぐなんて。悪戯でもないわけでしょう？　警察は通報者の個人情報を聞いて臨場するわけだから」

「あまり通報が相次ぐと、警察だって迷惑よねえ。行っても何もないんだから」

「ていうか、二人とも本気で話してる？　リニアモーターカーが走る時代よ？　それなのに、血だらけの女とか、狼とか、お爺さんが変死？　どうつながるの？」

春菜は怪異そのものは否定しない。けれど、複数の人がおどろおどろしい何かを見て警察に連絡してくるなんて、そんなわざとらしい怪異の話は初めて聞いた。

「それに内臓を咥えた狼って、ハリウッドホラーみたい。亡くなったお爺さんの幽霊を見たというならともかく、日本のオバケって、もっとこう……情緒があって、ひっそりした

ものだと思うんだけど」

「そうですけど、変死と怪異は関係あると思うんですよね。ほら、前にもあったじゃないですか。井之上さんから聞いたんですけど、お坊さんの遺骸を掘り出したらお婆さんの幽霊が出て、まったく関係ないと思っていたら、あとでやっぱりつながったという」

「ああ」

春菜は頷いた。

確かにそういう事象はあった。怪異の発現を解明したら、納得できる理由もあった。

「よっちゃんと話してたんです。一一〇番通報の謎を解けるのは、アーキテクツの高沢さんだけだって」

比嘉のことを『よっちゃん』と呼ぶ。新婚夫婦の会話はくすぐったくて、どんな顔で隣にいればいいのかわからなくなる。参道を横切るとき通りの奥を見てみたが、もちろん妖しい気配もないし、そもそも東按寺は通りに面していない。参道奥に善光寺の仁王門が威風堂々とそびえ立っているのを見て、春菜は小さなため息を吐いた。

「うちは広告代理店で、お祓い業者じゃないんだけどな」

「でも、鐘鋳建設さんを動かせるのは高沢さんだけなんでしょう?」

「それは誤解よ」

春菜はキッパリ否定した。

「扱う物件が因縁物だったときだけ、あの会社に相談するの」

それでも怪異が起きたなら、また仙龍と仕事ができる。そんな考えが頭に浮かんで、春菜は自分が哀れになった。

「それだけのことなのよ。お支払いだってきちんとするし、見積もりだって取るんだし、ビジネスライクな付き合いなのよ」

「そうなんですか？」

と、比嘉が訊く。アーキテクツと鐘鋳建設の関係を、どう思われているのだろうと心配になる。あちらが因縁物件専門の曳き屋なのは間違いないが、うちはただの広告代理店だ。因縁物件専門では、決してない。

「蓋を開けたら手の込んだ悪戯だったとかじゃないの？　たとえばプロジェクションマッピングとか、そういうのを使ったイベントプロモーションとか」

「そうかもね」

と奥さんは言い、比嘉は大きく首を傾げた。

「あれって下準備が大変なんですよ？　予算もかかるし」

でも、そうかもなと、頷いたりする。

「だとしたら相当大がかりな仕掛けですよね。いつも同じ場所で目撃されているのか、調べてみるといいですね。プロジェクションマッピングのデータなら、作り込みの関係上、同じ場所でしか投影できないはずだから」

「プロモーションだったとするなら悪趣味ね」

春菜は厭そうに顔をしかめた。

車は市街地へ向かって走る。赤ん坊は眠ってしまい、話題はプロジェクションマッピングの作成方法や金額の話に移り、あれこれと専門的な話をしているうちに会社へ着いた。比嘉たちに礼を言い、彼らが去るのを見送ってから、春菜は自分の車に乗り換えてアパートに帰った。

独りぼっちの車内は寂しくて、比嘉が手に入れて守ろうとしている家族というものの温かさが身に染みる。アパートの駐車場に車を停めて見上げると、単身者ばかりが暮らす建物は、明かりのない部屋が寒々と並ぶばかりであった。

「結婚かぁ……」

そして突然思い出す。そうだ、冷蔵庫が空っぽだった、と。

翌日。長坂建築設計事務所の開所式という大仕事を無事に終えたら、エアポケットのように時間が空いた。長坂がらみの現場はどんなトラブルが起きるかわからないので、可能な限り予定を前倒ししていたうえに、比嘉が厄介ごとを引き受けてくれたからだった。

朝礼のあとに残務整理を済ませると、春菜は一日の行動を記すホワイトボードに『県立図書館・信濃歴史民俗資料館』と書いて会社を出た。

空いた時間を利用して、隠温羅流のことを調べてみようと考えたのだ。仙龍とは何度か危険な現場に挑んできたし、それは互いの信頼関係があればこそだと思うのに、未だに春菜は彼のプライベートを知らない。独身なのは間違いないが、恋人がいるかどうかもわからない。でも、いつだったか鐘鋳建設の棟梁が、仙龍はモテたと話していた。

そりゃ、少しはモテるかもしれないけれど、と春菜は思う。黙っていればいい男だが、如何せん口は悪いし、ぶっきらぼうの唐変木だ。

「あんな堅物を好きになる人がいれば、だけどね。いやしないわよ」

声に出して呟いてみても説得力はない。何しろ自分がぞっこんなのだ。

「あー、もうイヤだ」

春菜は自分に呆れて空を仰いだ。

こんなの私らしくない。ズバッと告白すればいいじゃない。振られたって仕方ないじゃない。何度そう思ったかしれないが、このことに関して春菜はじれったいほど臆病だった。いっそ振られてしまえばスッキリするのに、もしもそうなったなら、サニワとして隠温羅流に関わることもできなくなる。春菜はそれが怖いのだった。

仙龍には、迫り来る死を示す黒い鎖ががっちりと絡みついている。今のところそれが見えるのは自分だけだし、鎖の謎を解くのも自分の仕事だ。恋愛なんて……と、春菜は思う。仕事とキャリア以上に興味を惹くことなどないと思って生きてきたのに。

「どうしてこんなにイライラするの？　信じられない。自分で自分が厭になる」

幸せそうだった比嘉の家族を思い出す。

「もうバカみたい……あー……っ」

頭を振りつつ車を走らせ、県立図書館の駐車場に車を停めた。

県立長野図書館は広大な公園の敷地に文化ホールと並んで立っている。公園には森があり、広場があり、屋外アートや遊具もあって、人々の憩いの場となっている。

爽やかな秋晴れの下、犬の散歩をする人や、散策する人々を遠目に図書館へ行った。

曳家に関する書籍を探したが、ほとんど出版されていなかった。

隠温羅流の成り立ちを調べたくて、さらに書籍を探したが、建築技術に関する資料しか見つけることができなかった。それらに書かれている内容の多くはすでに春菜が知っていることで、隠温羅流で検索すれば相応の書籍が閲覧できると思った自分の甘さを知った。検索ツールを起動させても、隠温羅流という言葉すらヒットしなかったのだ。考えてみれば、簡単に解ける謎なら棟梁たちがとっくに導師の寿命を延ばしていたはずだ。

「陰の流派だもんね」

春菜は積み上げた書籍を片付け始めた。いっそ教授から話を聞く方が早いかもしれない。

小林教授は神出鬼没でフィールドワークを好むため、資料館へ行けばいつでも会えるわけでもないが、あそこは希少価値のある書籍を収蔵しているし、閲覧もできるから、隠温羅流についての文献が見つかるかもしれない。

昼少し前に図書館を出て、駐車場へ向かっているとき、春菜のスマホに着信があった。比嘉に荷物を届けてもらったので、長坂が怒って電話してきたかと思ったが、プロフィール画面には犬のパグではなくて見知らぬ番号が浮かんでいた。

其の三

昇龍(しょうりゅう)の死

長野市街地には網目のように張り巡らされた用水路が健在で、今も大切に維持管理されている。暗渠（あんきょ）になってしまった場所も多いが、流れる水が独特の景観を創（つく）っている場所もあり、行政の音頭のもと『中心市街地にあるまちの資源』として景観が整備され、名所としての活用が推進されている。

アーキテクツもこの事業に関わっていて、数年前に南八幡川（みなみはちまんがわ）沿いにあるカッパ小路（こうじ）の改修事業に参加した。ビル街に残されたわずかな小路と用水路だが、周辺住民の協力もあって、今では知る人ぞ知る散策コースになっている。

県立図書館の駐車場で電話を受けた春菜は、予定を変更してカッパ小路の近くに車を停めた。この小路の一角に『花筏（はないかだ）』という小料理屋があって、仙龍の姉の珠青が女将（おかみ）を務めている。春菜は珠青に呼び出され、花筏で昼食をとることになったのだった。

カッパ小路の用水路には小さな橋が架かっていて、渡ると花筏の敷地に入る。石敷きのエントランスには水が打ってあり、小さな門をくぐった奥に平屋の和風住宅がある。一見して普通住宅に思われるのは、周囲の民家に配慮したデザインだからだ。

エントランスからは庭が見えるが、そこに置かれた沓脱ぎ石（くつぬぎいし）に白くて大きな犬がいる。

仙龍が可愛がっていた犬で名前はシロ。沓脱ぎ石がお気に入りの場所で、いつもそこに座って仙龍の帰りを待ったという。珠青が店を構えたとき、仙龍は実家から沓脱ぎ石を曳いてきて、日当たりのよい場所に設置した。以降シロはそこにいて、仙龍も花筏で食事するたびに、シロの石に立って一服する。竹垣の前から庭を覗いて、春菜は、

「シロ？」

と呼んでみた。沓脱ぎ石の上でふさふさの尻尾が、お愛想程度に動いた気がした。

「やっぱり。仙龍が一緒じゃないと、姿を見せてくれないのね」

妙に納得して暖簾をくぐった。サニワは万能ではなくて、むしろ非力なのだと思う。

「いらっしゃいませ」

と、迎えてくれたのは和服姿の若い娘で、珠青ではなかった。

「こんにちは。あの、私、高沢といいますが、女将さんは」

訊くと娘はニッコリ笑い、

「高沢春菜様ですね。伺っております。こちらへどうぞ」

春菜を案内してくれた。

後ろをついていきながら髪を掻き上げ、次いでブラウスの皺を伸ばした。

店は待合の奥に檜のカウンターが通っていて、背後には小上がりが、奥に個室がある造りだ。それほど大きな店ではないが、品のいいインテリアで落ち着いた雰囲気があり、ど

の席からも庭が見える。ちょうど紅葉が色づき始め、薄紅色のシュウメイギクと紫式部の青い実が艶やかに秋を彩っている。春菜は奥の座敷へ通された。

「高沢様がお越しです」

和服の娘は声を掛け、「どうぞ」と春菜を見て襖を開けた。六畳の和室には、マタニティドレスを着た珠青が座って待っていた。仙龍の姉だと思うと緊張する。

「お邪魔します」

とりあえず会釈をしたが、和服姿でない珠青も、大きなお腹も、驚きであり、新鮮だ。

「ようこそ。どうぞ、お入りになって」

自分はテーブルに着いたまま、珠青は春菜に席を勧める。黒い紫檀のテーブルは、珠青と向き合う位置に春菜の座布団が敷かれていた。

「お腹、大きくなりましたね。予定日はいつでしたっけ」

立ったままで訊いてしまった。珠青はスレンダーな美人だが、会うときはいつも和服であった。洋装の彼女は若く見え、突き出たお腹の大きさに心の底から驚いてしまう。

「予定日は一昨日で、もう過ぎたんです。初産は、だいたい遅れるみたいですけど」

珠青はお腹に片手を置いて、

「お座りになって」

と席を指す。畳に正座して頭を下げて、春菜はようやく座布団に座った。

「ビックリですよ。女の体ってすごいのね。立つと自分の足さえ見えないの。体形が変わっていくのをゾッとしながら見てましたけど、いっそここまできたら覚悟ができたわ。早く産み終わって、うつ伏せになって眠りたい」

目を三日月のようにして笑う。

「予定日過ぎても大丈夫なんですか？　その……ここにいて、もしも」

臨月の珠青を案じて訊くと、

「妊娠は病気じゃないですからね」

珠青はスッパリそう言った。

「病院も近くなので平気です。それよりも、今日はお呼び立てしてすみませんでしたね」

「いえ。ちょうど、どこかでお昼を食べなきゃと思っていたので」

「ならよかった。こんなですから、直接おもてなしはできませんけど、存分に召し上がっていらして」

さっきの娘がお茶を運んできて、また出ていった。

二人になると春菜は訊ねた。

「私に話って何でしょう」

珠青は電話で、話があるとハッキリ言ったわけではなかったが、呼び出されたからには伝えたいことがあるのだろう。相手が仙龍の身内だと思うと、春菜は無用に緊張する。

珠青は上品にお茶を飲み、

「香りも温度も、よござんすね」

独り言のように呟いた。それからスッと春菜を見る。両手に湯飲みを持ったまま、その手を軽くテーブルに置き、広げた脚の間に大きなお腹が挟まるように正座して、背筋を伸ばした。凛(りん)として美しいその顔は仏画のようだと春菜は思った。

「こう見えてもあれの姉ですからねえ。高沢さんとは、一度ゆっくりお話ししたいと思っていたんです」

値踏みされているようで、さらに緊張する。それを見て珠青はニコリと笑った。

「なにも取って喰(く)おうってんじゃありません。仙龍さんとあたしの父が死んだときのことですけども」

不覚にも春菜はドキリとし、思わず正座し直した。珠青が笑う。

「いえね。気負わずに聞いてくださいよ? あたしはなにも、あなたにサニワを背負わせようとか、そういうことを考えているわけじゃないんですから。あたしはサニワを失ってしまう。だから、今のうちに話しておこうと思っただけで」

もちろん聞きますと言う代わりに、春菜は頷いて珠青を見つめた。

「仙龍さんとあたしの父、つまり昇龍が死ぬ前に……」

珠青は春菜から目を逸(そ)らし、茶碗(ちゃわん)の中を覗き込んだ。

「……そのときまであたしたちは、導師の運命はおろか、うちが特殊な家業だということすら、意識せずにいたんです。仕来りや祭祀は多かったですけど、鳶や大工や建築に携わる人たちの間では、それが普通だろう程度の認識でした。でも、『お知らせ』があって父が死に、母や祖母やほかのみんなが、それをすんなり受け入れたことがショックでね……あれは……父の初七日の夜でしたかしら？　あたしはどうしても納得いかなくて、棟梁や隠温羅流の職人たちに、泣きながら喰って掛かったんですよ。四十二で死ぬ運命を知っていながら、あんたたちは何もしなかったのかって」

珠青らしいと春菜は思った。何も知らされていなかったのなら、なおさらだろう。

「こう見えて、怖いんですよ？」

珠青は春菜を見てふっと笑った。

「知っています」

答えてしまってから、春菜は左右に手を振った。

「いえ、そういうわけじゃなく」

「いいんですよ。隠温羅流のサニワは跳ねっ返りだと、これも本当のことですからね。母も祖母も気が強い。気が強くって、涙もろくて、厳しくて優しい人なんですよ。そうでなきゃ務まりません。大事な亭主を、あっち側へ送るんだもの」

ハッとして、春菜は珠青が何を案じているかを知った。

珠青の亭主は青鯉という。隠温羅流では導師になると『龍』の号を継承するが、龍の手前が『鯉』なのだ。鯉は滝を登って龍になるという故事からきているという。つまり、仙龍がもし死ねば、青鯉が導師を継承するのだ。そして仙龍に子供がなければ、やがては珠青たちの子が導師を継ぐかもしれないのである。

「そうしてあたしは聞いたんですよ。誰も、導師が死ぬのを手をこまねいて見ていたわけじゃなかったと。隠温羅流では昔から、導師の呪いを解くためにさまざまな手立てを講じてきたそうです。もちろん母も、祖母も戦った。でも、効き目はなかったんです」

「棟梁から聞いたことがあります。棟梁は三男だけど、治三郎と書いてジイチロウと読ませるそうですね？　それも呪のひとつだったって」

珠青は頷き、「でもねえ」と言った。

「今まで一人もいなかったんですよ。導師に黒い鎖が絡みついているのを見た者は」

ニッコリ笑う。

「コーちゃんから聞きました。高沢さんには見えるんですって？」

「はい。見えます」

春菜は答えた。

「最初に見たときは驚いたけど、そして、いつでも見えるわけでもないんですけど……鎖は増えたり減ったりするんです。でも、今は……」

少しだけ考えて、春菜は伝えた。

「今までにないほど黒く大きくなっているんです」

だから春菜は仙龍の前で泣いたのだった。そしてあの言葉を聞いた。

おまえが思うほど俺は強くない。仙龍が初めて心のうちを明かしてくれた瞬間だった。

「失礼します」

と声がして、本日のランチが運ばれてきた。

花筏では、地の物をメインにした献立が提供されている。本日のランチは焼きキノコのおろし添え、炙った銀杏、秋野菜の天ぷら、菊花の酢の物、里芋とゴボウと揚げの味噌汁、サンマの塩焼き、白いごはん、デザートには栗のプディングがついている。ごはんは白くて艶があり、光り輝く新米だ。

食事がテーブルに置かれると、「冷めないうちに召し上がれ」と、珠青は言った。

しばらく無言で食事する。ここへ来たのは二度目だが、自炊をしない春菜にとっては、滋味を感じる味である。物の命をいただいて、自分の命に重なって、生きとし生けるもののひとつになっていける気がする。そんな味わい深いごはんである。

「不思議なんですよ」

食事が終わりに近づく頃に、珠青は再び話を始めた。

「つわりが治まったとたんにお腹が空いて、胃袋が四次元ポケットにつながったみたい。

食事はほんとうに二人分、それがペロリと入るんです。人間を生み出すなんて、母親ってすごいわねえ」

仙龍もだが、珠青も食事の仕方がきれいだ。大きなお腹を培うエネルギーを余さず摂取していく珠青の所作を見ていると、自分の空しさが際立って思え、春菜は切なくなってきた。口の中の物を飲み込んで、春菜は珠青に打ち明けた。

「黒い鎖を切りたいんです」

珠青が無言で春菜を見る。箸を置いて春菜は言う。

「前に同じことを告げたとき、棟梁からこう言われたんです。人間の分際で因や縁を主導するのはまずいって。分を超えてやるのなら、それは私利私欲になると。強引に流れを変えれば洪水が起きる。だから、流れの道筋に心を凝らして、見極めないといけないと」

松葉に挿した銀杏をつまみ上げ、珠青は白い前歯でこし取った。

春菜は続ける。

「棟梁の話は理解できているつもりです。でも、そんなこと言ってる間に、仙龍の寿命が来てしまう。じっとしてなんかいられない。仙龍は……」

口ごもる。

「優しい子です。無骨で、泣き言も言わないけれど、小さい頃は泣き虫でしたよ」

珠青は小さく「ふふふ」と笑い、

「あたしと彼と、逆に生まれてきたらよかったと、よく棟梁にからかわれましたよ。でもね、あたしはあの子に敵わないんです。仙龍さんは生まれながらの導師なの。青鯉もそう。父もそう。彼らはよく似ています。あたしたちみたいな跳ねっ返りは、我が強すぎて寄り添うことが苦手でしょ？　それでは因に触れられない。導師は柔軟で優しく、強いもの。サニワは強情で脆いものです」

珠青はスッと手を伸ばし、呼び鈴を鳴らしてコーヒーを頼んだ。

「私は仙龍を救いたいんです。彼が死ぬなんて――」

春菜は涙が出そうになってきた。自分の気持ちがいま、わかった。何を悩んで、何が欲しくて、どうしたいのか。答えは単純なことだったのだ。

「――そんなこと絶対許せない。勝手に宿命を受け入れて、勝手に死ぬなんて許せない」

想いを口にしたとたん、悔し涙がこぼれて落ちた。珠青はおしぼりを渡してくれて、

「ねえ？　考えてみて。仙龍さんの寿命は、関係ないんじゃないかしら」

と静かに言った。

言葉の真意を測りかね、春菜は珠青の顔を見る。

仙龍の姉は微笑んでいた。

「誰だって明日の命はわからない。四十二で死ぬ運命でなくっても、明日、事故で死ぬ人だっているんです。そういうあたしも、あなたさえ、寿命がいつまであるのかなんてわか

りゃしません。弟の寿命が切られているのは一大事？　大切なのは彼がいま、生きてあなたの前にいることのほうじゃないですか。寿命の短い男とは、恋なんかできない？」

珠青は微笑みながら頭を振った。

「それを恋とは言いません」

「珠青さん……」

珠青の言葉が心に刺さる。春菜は自分の姑息さを思い知ったような気がした。

「でも、私、諦めたくないんです」

「なら、存分におやりなさい」

くっくと笑って珠青は言った。

「あたしだってそうします。宿命？　運命？　笑わせちゃあいけません。そっちが勝手に死ぬ気でも、こっちが許した覚えはないわ」

そして栗のプディングを平らげた。この人と乾杯したい、抱き合いたいとさえ春菜は思う。大きなお腹が邪魔しなければ。

「棟梁に相談してごらんなさい。ああ見えて、棟梁が一番調べています。導師の呪いを解こうとして、一番苦労してきたのが棟梁なのよ。兄たちを死なせ、昇龍を死なせ、今また仙龍さんを死なせようとしているんですから……棟梁が一番苦しんだ人なんですよ。隠温羅流の誰よりも、宿命を呪っているのは棟梁です。だから彼に訊きなさい。棟梁が調べたことを全部。あたしだって黙っている気はないですから。亭主と、この子も、運命や宿命の好きにさせてたまるもんですか」

お腹に手を置く珠青を見て、春菜はハッと顔を上げた。

「……男の子なんですね？」

訊くと珠青は頷いた。

「つくべきものがちゃんとあったわ」

その凛々しい笑顔を見たとたん、吹っ切れたと春菜は思った。

いや。覚悟は前からできていた。仙龍を好きだと認めたときに。彼の鎖を見たときに。だから仙龍がどうであろうと、自分のためにやり遂げるのだ。

導師の鎖は私がほどく。

燦々と陽が降り注ぐ庭の沓脱ぎ石に立ち上がり、シロが尻尾を振るのが見えた。

心まで満腹にして花筏を出ると、用水路を流れる水音がコロコロと心に響いて聞こえた。誰だって、明日どうなるかはわからない。でも少なくとも仙龍は、今は生きてここにいる。自分もそうだ。ここにいる。仙龍と同じ時代に立っている。

「よし！」

と、春菜は自分に言って、その足で真っ直ぐ鐘鋳建設へ向かった。アポイントメントも取っていなかったが、珠青と危機感を共有できた興奮で、行動を制御できなかったのだ。

隠温羅流の導師は因縁切りをすることで因縁を背負ってしまうという。その理屈はわかる気がする。けれど、他者の因縁を切れるなら、どうして自分の因縁は切れないのだろう。春菜にはそれが納得できない。

今となっては、自分が何をどうしようと考えていたのかがハッキリわかる。難しいことをしようとしているわけじゃない。切った因縁が導師の魂に絡みつく、そのメカニズムを探ればいい。単純に導師の因縁を切ればいいのだ。あとはただ調べればいいのだ。

鐘鋳建設が見えてきた。

郊外にあるその会社には看板がない。けれども敷地に積み上げられた鉄骨や枕木、巨大な倉庫に置かれた重機の数々が建築会社であることを示している。因縁物に関わる以外に普通の仕事もしているからか、今日は駐車場がガラガラで、余所(よそ)の会社のバンが一台だけ停まっていた。ドアに武田菱のマークが見える。木賀建設の車のようだ。その隣に駐車して、やっぱりアポを取るべきだったと春菜は思った。

スマホを出して、今さらながら電話をかけると、

「鐘鋳建設でございます」

と、老齢の男性の声がした。棟梁だ。

「あの……株式会社アーキテクツの高沢ですが」

「存じてますよ」

棟梁が笑う。

「こっちも上から見てましたがね。何か急なご用でも？」

フロントガラスを透かして覗くと、二階の事務所から棟梁が手を振っている。恥ずかしくなって春菜は言う。

「突然すみません。教えてほしいことがあって伺ったんですけど、お取り込み中のようでしたら……」

窓辺の影が一人増えた。やはり木賀建設の社長である。同じように手を振っている。

「取り込み中でしたがね、お客さんが、姉さんとなら話したいって言ってますんで」

上がっておいでなさいと言われたので、通話を切って車を降りた。

駐車場にはコーイチの軽トラックも、仙龍の姿もない。職人たちもいなくて閑散としている。入り口を入って階段を上った。鐘鋳建設は建物の一階部分が倉庫と工場、二階が事務所になっているのだ。

広い事務所はいつものように整理整頓（せいとん）が行き届いて、神棚に水と真榊（まさかき）が供えられ、打ち合わせ用の応接テーブルで木賀と棟梁が待っていた。

「棟梁、お邪魔します。それに木賀社長。先日はどうもありがとうございました」

春菜は丁寧に頭を下げた。

「いえいえ、こちらこそ。ご丁寧にお礼状まで頂戴して。ちょうど今ね、そのときの話をしてたんですよ」

木賀はそう言ってソファに座った。テーブルの上に湯飲み茶碗が置かれているから、ここで棟梁と打ち合わせをしていたのだろう。春菜は恐縮して訊いた。

「お話は済んだんですか？　邪魔をする気はなかったんですけど」

「まあ、お座んなさい」

木賀と向かい合う席を春菜に勧めて、棟梁は事務用の椅子に移動した。

「話が済んだというよりも、ちょうどあなたが来たものだから、なかなかね」

木賀は苦笑し、棟梁に目をやった。春菜が腰を下ろすのを待って棟梁が言う。

「姉さんは、木賀建設さんの曳家を見に行ったんですってね」

ああ、やっぱり同業者同士はつながっているのだと思う。けれど心を決めた今、怖じ気づく必要は少しもない。

「はい。小林教授に教えてもらって、無理を言って見学させていただいたんです。普通の曳家は見たことがなかったので」

棟梁は頷いた。

年齢は七十なかば。小柄で痩せていて、頭がつるつるで目が細い。加齢で瞼が下がったからだと思うのだが、眼光鋭いその目はつぶれた三角形をしていて、笑うと唇が少しだけ歪(ゆが)む。決して強面(こわもて)ではないのだが、立ち居振る舞いに迫力を感じる人である。

「姉さんが曳家に興味を持つなんてねえ」と笑う。

「隠温羅流の曳家と普通の曳家、その差を知りたいってことでしたよね」

木賀はそう言って茶を飲んだ。春菜は二人の様子を見ながら、ここへ来た理由を木賀の前で話すのは違うだろうと考えていた。

「勉強したいと思っているんです」

当たり障りのない言い方をする。

「私、曳家業者は鐘鋳建設さんだけだと思ってたんです。でも、小林教授が東按寺の持仏堂を曳家するって教えてくれて、それは木賀社長のところでやるというので」

木賀と棟梁は視線を交(か)わし、意味ありげな表情をした。

「え？　私なにか失礼なことを言いましたか？」

「いえ」

と木賀が言い、

「そうじゃぁねえんだ。ちょっとねえ——」

棟梁は腕組みをして木賀を見た。

「——話をしてたら、ちょうど姉さんが来たってぇのも何かの縁だ。社長、話してやっちやくれませんかね」

「俺はいいけど、高沢さんのお話は？」

湯飲み茶碗を茶托(ちゃたく)に戻して、木賀は春菜のほうへ体を向けた。

「私はお仕事の話じゃなくて、棟梁に、ちょっと訊きたいことがあっただけなので」

「訊きたいこと？」

棟梁が顔を向けたので、春菜は咄嗟(とっさ)に関係のないことを口走った。

「今日は誰もいないんですね。下も空っぽでしたけど」

「台風のせいでね。みんな出払っているんでさぁ。まさか長野にこんな被害が出るなんて、誰も思っちゃいませんでしたがね？　そんなわけでまあ、社をあげて泥かきに行ってるんでさ。他人様あっての曳き屋ですしね、こんなときしか恩返しもできねえですから」

たしかに被害は甚大だった。幸いにもアーキテクツがある市街地は無事だったが、被災地では、未だ復興の目処(めど)すら立っていない状況である。

「それで会社が空っぽなんですね」

「ま、重機を入れりゃ早いんですが、そのための道をねえ、先に造らなきゃならねえんですよ。泥は重いし、それこそ若たちの出番ってわけで」

現場には流された物が散乱し、膝(ひざ)のあたりまで泥が積もっているという。春菜は仙龍たちの苦労を思った。泥は乾いてしまうと固くなるので、住宅が浸水被害に遭った場合は、水分が残っているうちにかき回してゾル状にし、一気に掻き出すのがコツだという。

「なから目処が立てば帰ってきやす。先は長そうですがね、泥だけはすぐやらねえと」

「なんたって今までは、長野は台風に強い土地だって、誰もが思っていたんですからね」

木賀はくせ毛に指を突っ込んで、ガリガリと頭を掻いている。

「私もです。四方を山に囲まれているので、逸れてしまうか、勢力も衰えると聞きました。だから台風を舐めていたっていうか」

「あっしもでさぁ。今回のあれは驚きましたよ」

「まさかうちのせいでもなかろうと思うんですが、あまりにもタイムリーでね」

「うちのせいって？　曳家のせいってことですか？」

「木賀建設さんは、その相談に見えたんですよ」

棟梁は席を立ち、木賀に言った。

「あっしはちょっくらお茶を淹れてきやすんで、姉さんにザックリ事情を話してやってくださいよ」

小首を傾げて春菜が訊く。

「何かあったんですか？」

「それがですね」

木賀は眉間に縦皺を寄せ、両手の指を組んだ。

「持仏堂を曳家したとたん、東按寺のあたりに幽霊が出るって噂が立ってね」

その話なら比嘉から聞いた。

「東按寺のあたりなんですか？　私は善光寺の周辺だとばかり」

「ご存じでしたか？」

「いえ、たまたまうちが仕事を頼んでいるデザイナーから、そういう噂が立っているって聞いたんですけど……そういえば、お寺の庭師が亡くなったとか」

頷いてから木賀が言う。

「庭師というか、ご住職の伯父さんだったと聞いてます。庭の手入れや、あとお掃除とか、あそこで庭守みたいなことをしていた人ですが、元気だったのに心臓発作で亡くなったんです。それも、気持ち悪いじゃないですか。真夜中に、門と持仏堂の真ん中あたりで」

「警察が呼ばれたって聞きました」

「まあ警察は……病院で死なない限りは検視に来るようですけどね。その頃からです」

木賀はまたひと口冷めた茶を飲んで、顔色を窺うように春菜を見た。

「庭守の爺さんなんですが、ちょっと普通の死に方じゃなかったっていうんですよ」

春菜は比嘉から聞いた話を思い出していた。

「首に索条痕みたいな痣があったって話ですか？」

「よくご存じで。その話は誰から」

「そのデザイナーさんは、もと新聞記者なんです。それで、現場へ行ったかつての同僚の話として聞きました」

「さすがだなあ」

何がさすがかわからないけれど、木賀は感心して首を捻った。

「あのね。それだけじゃないんです。庭守の爺さんの死体のそばに、ダイイングメッセージとでもいうんですかね、妙な落書きが残っていたというんです」

「妙な落書きって？」

「土に描かれていたんで、もう消えてしまいましたけど、第一発見者が住職ですから、住職はハッキリ見たそうで。警察も写真を撮ったようですが、結果として自然死だったので、爺さんが苦しんで土をつかんで、それが雨風のせいで絵のように見えたんじゃないかって」

「絵なんですか？　なんの絵？」

木賀は曖昧に首を捻った。

「その後の幽霊話を予言するみたいな絵だったと、ご住職は言うんですがね」

木賀はそこで春菜に目をやり、感情を込めてゆっくり言った。

「生首の絵に見えたそうです」

春菜はアングリと口を開けてしまった。

「……できすぎじゃないですか？　ご遺体の首に痣があって、ダイイングメッセージが生首の絵っていうのは」

「ははは」

と木賀は虚しく笑った。

「いや、笑い事じゃないですわ。事実、その後で妙な噂が立ってるんですから。血だらけの女を見たとかね、笛の音を聞いたとか」

「狼を見たとかねえ。はいよ、お茶淹れてきましたんで」

棟梁が春菜にお茶を出す。恐縮していただきながら、春菜も訊く。

「それって本当のことなんですか？　毎晩のように一一〇番通報があるって」

「幽霊が本物かどうかはわかりませんけど、通報が行くのは本当です。パトカーの出動が続いていて……」

「木賀社長はね、ご住職から相談されて、うちへ来たってわけなんで」

自分の湯飲みで茶を啜りながら、棟梁が言う。

「ご住職が何を相談？　え、でも、お堂に怪しいところはなかったんですよね？」

因はなかったと聞いている。

「もちろん。だからうちで曳家したんですから。でもねえ、やっぱりあれを動かしたからじゃないかと思うんですよ。庭守の爺さんが亡くなったのがすぐ後で、妙な噂が流れ出したのもその後で、ご住職からは、某かの障りがあったのではないか調べてほしいと言われましてね、困ってここへ相談に来たというわけなんです」

「そこへ姉さんがやってきた──」

棟梁は眉をひそめた。

「──そういうわけでさ」

訳知り顔にそんなことを言う。どう答えたらいいものか、春菜は言葉が出なかった。

「隠温羅流のサニワは、今はあなたがやってるんですよね。あのとき、曳家を見に来たときですが、何か妙なものを見たり、感じたりはしなかったですか」

問われても春菜には心当たりがない。

「いえ、別に」

そのときのことを思い出してみる。

「特別何もなかったように思いますけど……強いて言うなら」

臭いがした。春菜は人差し指で鼻を覆った。

「そういえば……臭いがしたかな？　お堂の下でネズミか、猫か、なにかそういう動物が死んでいたのかなと思ったくらいで」

「臭いですか？　いや……」

木賀はまったく思い当たらないという顔をして、棟梁に言った。

「お堂を上げるとき床下に入りましたけど、死骸なんてなかったなあ」

「でも、そのくらいですよ？　ほかには、怖いとかそういう感じはありませんでした」

サニワが何をどれくらい感知できるのか、春菜にはわからないし、自信もない。その力は自在に使えるものでもないし、コントロールできるものでもない。

「曳家の際は、ご住職がきちんと法要していますしね。うちでは手順を省いてもいない。床下まで調べましたが、龍の爪の因もなかったし、もちろんご住職も妙な話は聞いていないということでしたから」

「それじゃ曳家とは無関係なのでは？」

そんなことはないと木賀は言う。

「根拠はないけど、たぶん曳家のせいなんですよ。こういうことは稀（まれ）にあってね、よく調べたら、あとから『ああ』ってわかるというか、そのあたりはこっちも曳き屋稼業が長いから、ピンとくるんで、間違いないです」

「まあそこがねえ、うちの領分ってわけなんで」

「うちの領分って」

春菜が訊くと、棟梁はすまして答えた。

「陰の部分を引き受けるのが隠温羅流の役目でさ。姉さんは、うちの曳家と普通の曳家と、どこが違うか知りたかったそうですが、上辺だけ見ても理解できねえと思いますよ？太陽と月、表と裏、陽と陰、どちらが欠けても成り立たねえ。両方揃ってひとつです。たぶんお堂を動かしたときに、均衡が崩れたんじゃねえかと思いますがね」

ならば持仏堂の中に何かおぞましいものがあり、曳家によって封印が解かれたのかもしれない。そう思ったので、春菜は訊ねた。

「お堂の中には何が入っていたんですか？」

「入っていたというか、今も入ったままですけどね。曳家のときも養生して、まるっとそのまま動かしたんで……安置されているのは阿弥陀如来さんと、念持仏というか、厨子に入った小さい仏さんなんかでしたね。それと、ご位牌はかなりの数がありましたけど」

「ご位牌が祟ったということはないですか？」

さあどうでしょうと、木賀は首を捻っている。

「なんたって持仏堂ですからね、ご住職が念仏唱えて、位牌は手厚く供養しているはずで、少しばかり動いたからって、祟られる筋合いもないと思いますけど」

「あっしもね、不思議に思っているんですよ。出るのが人だけじゃなく、狼ってのも妙な話じゃねえですか。しかも血みどろだってんだから」

「そうなんだよな……生首を見たって話もあるみたいだし」

「昔の何かが障っているってことはないかしら？　大昔の、そういえば、善光寺地震のときは一帯が焼け野原になったりしたのよね」

「まあ、そんな場所はどこにでもありやす。それに、今まで化けて出なかったものが、今になって出てくるってえのも腑に落ちねえ話です」

「棟梁は東按寺さんを調べるつもりなんですか？」

春菜が訊くと、棟梁は自分の頭をつるりと撫でた。

「ま、さっきまでは、若がなんと言うかによると思ってましたが、姉さんが来たってことは、どうもそういう流れになるんでしょうよ」

「ありがとうございます」

木賀は棟梁ではなく春菜に向かって頭を下げる。

いやいや、そんなことのためにここへ来たわけではない。春菜はそう思ったが、木賀はなかなか頭を上げない。

棟梁はその横で、知らん顔して自分の茶を啜っていた。

其の四

地中の宝

春菜は結局、木賀の前で棟梁に決意を打ち明けることができなかった。

持仏堂の曳家に関しては、隠温羅流で調べることが決まってしまい、二人がそのまま打ち合わせに入ったので、東按寺の住職に鐘鋳建設を紹介する話になったのを機にその場を辞して、小林教授がいる信濃歴史民俗資料館へ向かうことにした。

すっかり出鼻をくじかれた感じになったが、時間は有限なのでボヤボヤしてもいられない。もしも教授に会えない場合は併設の図書室で資料を探すと決めて、駐車場に車を停めると、前方を歩いていく教授を見つけた。段ボール箱を両手で抱え、葉っぱらしきものを重そうに運んでいる。春菜は車を飛び出した。

「教授、小林教授」

声をかけると立ち止まり、眼鏡の隙間からこちらを覗いて「おやおや」と言う。

「春菜ちゃんじゃないですか。今日は営業ですかねえ？　打ち合わせがありましたっけ」

春菜は駆け寄っていって箱を支えた。

「いえ、そうじゃなくって、ちょうど教授に……」

箱の中身は大根だった。青々とした葉付き大根が四、五本ばかり入っている。丸々と太って重く、たった今抜いてきたばかりのように泥まみれである。

「たくあんでも漬けるんですか？」

訊くと教授はニコニコ笑った。

「いえいえ、そうではありません。これは十日夜のお供えを展示するための大根でして」

「とうかんや？　重そうだから、少し持ちますね」

箱ごと持ってあげようかとも思ったが、洋服に土がつきそうなので、大きめのものを二本取り、葉っぱを持ってぶら下げた。サラダで食べたくなるほど瑞々しい。

「ああ、楽になりました」

教授は笑い、そのまま資料館の裏口へと歩いていく。

「十日夜は、十五夜、十三夜に続く三月ですが、月を観賞するというよりは、収穫期の終わりを告げる行事です」

「十五夜と十三夜は聞いたことがありますけれど、十日夜なんて知りませんでした」

教授はしたり顔で振り向いた。

「そうでしょう、そうでしょうとも。古い風習は随分廃れてしまいましたし、けれど、収穫祭なら知ってますよね」

「わかります。収穫祭イベントのポスターやパンフレットを手がけてますから」

「現代では、何でもかんでもまとめて収穫祭と称していますが、昔はもっと、それぞれが区別されて行われていたものなのですよ。まあ、娯楽の少ない時代だったという側面もあるでしょう。現代人は忙しいですから——」

教授はちょっとだけ言葉を切って、どちらが風流なのでしょうかね、と春菜に笑った。

「——十日夜は東日本に多い呼び方で、西日本では亥（い）の子（こ）といいます。同じ行事を上水内（かみみのち）では『お十夜』といい、北安曇（きたあづみ）では『稲の月見』、長野市周辺でも『大根の年取り』などと呼んでいました」

善光寺の十夜会も十日夜から来ているのかしらと、春菜は思った。関連は定かでなくとも、別視点からのアプローチを知るのは興味深いし、面白い。

教授の話は続く。

「上伊那（かみいな）の『菊の節句』も十日夜の祭りでしょうかね。地方によっては農作業が一段落すると、収穫物に菊の花を添えて親方の家へお礼に行ったそうですから」

「ちょうど今が十日夜なんですか？」

「いえ、まだですよ。新暦と旧暦ではひと月ほどズレがありますし、今年の十日夜は十一月六日になるようです。その前に十日夜のレクチャーをですね」

信濃歴史民俗資料館では学芸員が定期的に講演をするなどの活動をしている。小林教授の講義は快活でわかりやすく、また飄々（ひょうひょう）としてユーモアがあるためファンが多く、大学や関連施設に請（こ）われてレクチャーをしに行くこともしばしばだ。

「その祭りで大根を食べるんですね」

教授は足を止め、振り返って苦笑した。

「おや、そういう認識になりますか。面白いですねえ、知らないということは」

よいしょ。と箱を持ち直し、また歩きながら彼は言う。

「葉付き大根はお供えですよ。作法や仕来りは地方によってまちまちですが、多くは新米で餅をつき、箸代わりに大根をお供えします」

「え？　これを箸に使うんですか？」

「人ではなくてお月様が用いるのです。箸代わりに二本供えるのだという説もあれば、一本だけお供えする地方もありますが、二本が正式だろうというのが私の考えです。私はね、箸にするから大根が二本というよりは、太陽に一本、月に一本、計二本をお供えしたという説が有力だろうと思っています。作神様としてはどちらも大切ですからね」

陰陽に関する棟梁の言葉を思い出す。

教授はスイッチが入ったらしく、大根の話が止まらない。

「面白いといいますと、十日夜の風習も面白いですよ？　この晩のお供えは、誰が盗んでもよいことになっていました。人に見つからずにお供え餅を盗むと長者になるとか、思いが叶うといわれましてね、そのときには、川や堰など、水を跨がずに行くのがよいとする地方もありました。中野市などでは、あらかじめ目につきにくい場所にお供えをして、それを探すのを福探しと呼び、見つけると福当たりと称して縁起がよいとされたのです」

「盗みで縁起がいいというのも勝手な話ですね。あ、でも、お祭りの施しだったのかしら」

言うと教授は「うふふ」と笑う。

ずしりと重い大根を、春菜は両手に抱え直した。作神様へのお供えだと聞かされたからには、葉っぱを持ってぶら下げるなんて、畏れ多い気がしてきたのだ。

「この大根、館内のどこかに展示するんですか？」

「そうですよ。十日夜のお供え膳を再現しまして、来館者の皆さんに見ていただこうと思っています。こうした風習を知る人は、年々少なくなっていますしね。この大根を運んだら農家さんへ戻って、案山子を借りてくる予定なのですよ」

「カカシってあの案山子ですか？　一本足で田んぼにいる」

「そうですよ。十日夜にはカカシアゲをしますので」

「カカシアゲ？」

教授と話していると、共通言語は日本語だろうかと思うことがある。

「『アゲ』は終了を意味する言葉でして、カカシアゲとは、十日夜の頃に、その年の役目を終えた案山子を山の神として送る行事です。案山子は田の神ですけれど、年中田んぼにいるわけではなくて、農作業が始まる頃に、山の神が降りてきて案山子に懸かるという考えですね。ですから農耕シーズンが終われば山へ送り返さなければなりません。カカシアゲでは田んぼから持ってきた案山子を庭に置き、案山子が被っていた笠を燃やした火で餅を焼き、それを枡に入れてサンダワラに載せて供えます。こうして一年の労をねぎらってから、翌年まで山にお帰り頂くというわけですねえ。ですから、この日を過ぎると案山子は田畑を守ってくれません。行事のあとは酒宴を開き、のちにお供えが盗まれていれば、昇天された証となります」

「だから盗んでいいってことね？　よくできているんですね」

「月と太陽、泥棒と祀り、雨に晴れ、すべてはバランスなのですよ。これだから民俗学はやめられません。人はもともと自然の摂理に逆らうことなく、それらを活用する術を心得ていたのではないでしょうか」

教授について館内に入り、バックヤードの保管庫に大根を置くことにした。教授がお供えを床に下ろすわけにいかないと言うので、春菜は片腕に大根を二本持ち、苦労して折りたたみテーブルを組み立てた。その上に紙を敷いて大根を載せると、お気に入りの服には泥がついていた。袖を折り上げて汚れを隠し、春菜はようやく本題に触れた。

「ここへ来る前に鐘鋳建設へ寄ったら、木賀建設さんがいらしてました」

「おや、そうですか」

教授は大根を紙に並べて、お供えに相応しい二本を選ぶ。

「また仙龍が、変な話に首を突っ込みそうなんです。それで……教授は、東按寺で曳家したあと、あの辺に幽霊が出るようになったって噂をご存じですか？」

両手に一本ずつ大根を持って、重さを比べながら小林教授は、

「幽霊ですか？　はて」

と首を傾げた。

「台風の夜に、お寺で庭守をしていたお爺さんが変死したんですって。警察の所見は心臓発作らしいんですけど、首に奇妙な痣があって、地面に生首の落書きがあり、そのあたりから、血だらけの女や、生首や、狼を見たという通報が警察に入るようになったって。朝賣新聞の記者が取材に行って、私はその筋からも聞いたんですが」

「これまた興味深いですねえ。いえ、庭守の方はお気の毒ですが」

黒縁眼鏡の奥で教授の瞳がキラリと光る。いつにも増して食い付きのいい顔だ。教授は大根を置いて腰の手ぬぐいをとり、泥で汚れた手を拭くと、

「春菜ちゃん、ちょっと」

と手招いて、春菜を図書室へ誘った。バックヤードの図書室は貴重な書籍を置いているため非公開だが、教授はそこでデスクワークをする。内部には六人掛けテーブルがいくつかあるが、ひとつをまるまる占領し、書類や資料や企画書やパソコンなどを載せている。

「どんな幽霊が出るんですって？」

占領したテーブルでパソコンを立ち上げながら訊く。私はバカだ。また余計なことを言ってしまったかもしれない。春菜はバッグからティッシュを出すと、とりあえず汚れた指先を拭った。

「だから血だらけの女性や、生首や……」

「狼と言っていませんでしたか?」

「又聞きですが、内臓を咥えた狼を見た人もいるとか……でも、噂があまりにおどろおどろしくて……」

教授の背後に立って首をすくめた。

「実際目にしたらどうかわかりませんけど、言葉で聞くと、怖いというより滑稽な感じがします。血みどろの女に生首に、内臓を咥えた狼って……オバケ屋敷じゃあるまいし」

「なるほど。そういうものかもしれませんねえ」

教授が応える。

「最初に話を聞いたときは、ほとんど興味がなかったんですけど、木賀建設さんに会ったら、持仏堂を曳家したせいだと大真面目に考えているようで、棟梁に調べてほしいと頼みに来ていたんです。ご住職からも頼まれたとかで」

「なるほどなるほど」

教授のモニターに古地図が浮かんだ。地の色が黄ばんでいるうえ道路や川の色も独特なので、結構古い地図だと思う。

「何の地図ですか？」

春菜が訊くと、教授は一ヵ所を拡大しながら、

「曳家を見学したとき、話しませんでしたかねえ」

と言う。何の話を指しているのか、春菜は思い出せなかった。

「せっかく建物を上げたので調査させてもらったって、話したじゃないですか。興味深い発見があったって……あれ？　ぼくは言いませんでしたかね」

一人称が『ぼく』になっている。

「いいえ、どんな発見かは伺ってないと思います」

「そうでしたかねえ」

教授は眼鏡を掛け直し、パソコンモニターを覗き込んだ。

「東按寺さんは浄土宗のお寺で、善光寺とその周辺を記した元禄の縁起によりますと、建久八年（一一九七）建立なのですよ。ところが、応永七年（一四〇〇）の大文字一揆のときと、慶長年間（一五九六〜一六一五）にも火災で焼失していましてね、お寺そのものの記録は残っていないのです。寛永八年（一六三一）に現在の場所に建てられましたが、それも焼失。現在の本堂は、天保十年（一八三九）に再建されたものだそうです。持仏堂の建立は弘化四年（一八四七）の善光寺地震の後でして、安置されている阿弥陀如来

像には、寛政十一年（一七九九）美作国の仏師の銘が残されているとか」

「建立よりも造仏のほうが前ですね。どこかのお寺に安置されていた仏像が、こちらへ来たってことかしら」

「はい。そういうことはよくありまして、系列の寺から招来されたようですね。善光寺信仰が全国に広まった理由のひとつに出開帳がありまして、江戸時代は盛んに行われていましたし、行く先々で信者を集め、また、ほかの寺との交流もあったので」

「じゃ、持仏堂は、その縁で来た仏像を安置するために造立されたんですね」

「そこなのですよ」と、教授は言った。

「善光寺講の方々のご位牌や持仏なども安置しているため『持仏堂』と呼ばれていますが、もとは『如来堂』と呼ぶべき建物だったのではないかと思うのです。まあ、お堂の呼び名自体は問題ではありません。春菜ちゃんも知っているように、明治三十五年に中央通りが拡張されることが決まったときは、商家もですが、周辺のお寺や神社なども、敷地を一部供出したりしたようです。ところで東按寺の持仏堂は、敷地の端に、はみ出すように立っていました」

「今回も、それで曳家したんですもんね」

「そうですけれど、ここにひとつミステリーがありまして——」

教授はパソコンのキーをパタパタ叩いた。

「──では、明治の頃には、なぜお堂を動かさなかったのでしょうかねえ」

「曳家の技術がなかったからでは？」

「ばかおっしゃい」と教授は笑う。

「曳家は古い技術です。五世紀から七世紀頃の遺跡からも石曳きの道具が見つかっているわけですからして、もちろん明治時代にも曳家はちゃんとありました。隠温羅流が信州へ流れてきたのも江戸の頃だと聞いてます」

「そうなんですか？」

春菜は思わず前のめりになる。

やっぱり、その気になれば隠温羅流の歴史は探れるはずだ。

「ミステリーといいますのはね、現存する東按寺の古書に記載があるけれども、宝物庫には収蔵されていない品の存在です」

「何のことですか」

「それがわからないからミステリーなのですね。善光寺は無宗派で、大本願と十四坊、大勧進と二十五院によって護持されています。さて。古書によりますと、それは出開帳に出ていた東按寺の坊主が江戸は浅草から持ち帰った品とされ、厳重に保管すると書かれているのに、ご住職も先代も現物を知らない代物なのですよ」

教授は少し体を引いて、春菜にモニターが見えるようにした。

「ちょっとこれを見てください」

さっき呼び出した古地図である。『御本堂』や『大勧進』、『大本願』などという文字が見えるから、善光寺境内と、その周辺を記したもののようである。

「こちらは宝暦の頃に松代藩が作った地図といわれるものですが、善光寺周辺の様子が描かれています。東按寺もここにありますね」

教授は指先で東按寺を示すと、別の画像を呼び出した。

「いずれ冊子にまとめたいと考えているのですが、今は手元にデータしかありません。こちらは『地震後世俗語之種』といって、権堂村の永井善左衛門幸一という人が著した善光寺地震の記録です。特徴として、力ある筆致で描かれた挿絵の多い書物ですが、いま重要なのは地震ではないので、そちらについては触れません。ただ、挿絵や記録を見ますとね、石灯籠や石碑がことごとく崩れ、建物も甚大な被害に遭ったことがわかります。さて。焼失家屋と、焼失は免れたものの潰れた家々を地図に残したこの図面を見ていきますと、ここに東按寺がありまして、境内の様子なども、ざっと線書きされているのですが」

教授は新旧の地図を並べて、何かに気が付かないかと春菜を見た。

何度も焼失しながら再建されてきた寺の、当時最新の配置図ということになるのだろうか。境内の配置は現在とほぼ同じだと教授は言う。善光寺地震の後に造立された持仏堂はまだないが、松代藩の地図をよく見ると、その場所に小さな四角が描かれている。

『地震後世俗語之種』にはそれがない。春菜は指先でモニターを示した。

「違いといえばこれかしら？　小さな四角いマークがないわ」

　小林教授はニッコリ笑った。

「答えはそれで合ってましたか？　なんなんですか、この四角」

「それが何かはどこにも書かれていないのですねえ。地図上では東按寺に限らず、ほかのお寺や建物も、俗称や世帯主の名前がある程度ですから、それ自体は不思議ではないですけれど。でも、ここに何かがあったのは確かでしょう。それで、曳家のときに調査させてもらったというわけです」

「祠かお墓があったのかしら。石灯籠とか、石碑とか？」

「私もそう考えたのですね。一番考えられるのは、お寺の銘を記した石碑などでしょう。地震で倒れてしまったために、後の地図から外された。それが証拠に、善光寺の境内を地図で見ますと倒壊しなかった石碑が四角で記されていますから」

「発見があったと教授が言っていたのは、そのことだったんですね」

　教授は深く頷いた。

「調べましたら、やっぱりですね、持仏堂の下に石の土台がありました」

「石碑の土台かしら？」

「さあ、どうでしょう」

教授は眼鏡を外すと、さっき泥を拭いた手ぬぐいのきれいな部分でレンズを拭いた。

「石には銘が刻まれていませんでした。ただ、お地蔵さんや観音さんでなかったことはたしかでしょう。そうしたものは修復後、境内のどこかに安置されているはずなので。面白いことですねえ」

春菜は眉間に縦皺を刻んだ。

「幽霊騒ぎと石の土台と曳家に、関係があると思うんですか？」

「春菜ちゃんの話では、曳家のあとで怪異が起きるようになったそうじゃありませんか」

「台風のあとかもしれません。庭守のお爺さんが亡くなったことと関係があるのかも」

「そうですねえ。でも、いずれそのどれかとは関係があったわけですね」

教授は眼鏡を掛け直し、

「時に春菜ちゃんは、曳家に立ち会っていたときに何か感じなかったのですか」

と訊く。

「木賀社長にも訊かれましたけど、変な臭いがするなと思った程度で、特別な感じはなかったんです」

あとは異様にドキドキしたくらいだが、それは仙龍のせいなので関係ない。

「それに、私は曳家が終わる前にお寺を出てしまったので」

「ああ、そうでしたねえ」

教授が思い出したように言ったとき、ノックの音がして事務職員の女性が顔を出した。

春菜に気付くと会釈して、

「小林先生。守屋さんという方がお見えですけど――」

と、教授に言った。

「――どうされますか。こちらへお通ししても？」

「おやおや。今日は話がどんどん進みますね」

教授は春菜にそう言うと、

「どうぞ、こちらへお願いします」

と職員に頼んだ。彼女は部屋を出ていった。

聞き覚えのある名字だと、春菜はぼんやり考えて、仙龍の本名が守屋大地であることを唐突に思い出した。マズい。今日は脱力ファッションだ。ピアスさえ着けてこなかった。汚れた袖をさらに折り、襟を引っ張ってブラウスを直した。

またノックの音がして、ドアが開く。

「お邪魔しまーっす」

軽快な声がして、先に入ってきたのはコーイチだった。

崇道浩一(すどうこういち)は鐘鋳建設の下っ端(したっぱ)社員で、目下仙龍について修業中の身だ。隠温羅流では研鑽(けんさん)五年で一人前の職人と認められ、白い法被と号を賜るという。コーイチは間もなくその立場になるが、現在はまだ『法被前』の『綱取り』という立場である。

「わあい、やっぱ春菜さんだ。相変わらずの美人さんで」

毎度同じの褒め言葉は、もはや春菜にとって『こんにちは』と同義だ。コーイチは作業着姿で頭にタオルを巻いたまま。ズボンや服に泥が跳ね、あまりにも汚れているからか、履いているのは作業用の靴ではなくて、資料館のサンダルだった。ボランティアで被災地の泥かきに行っていると聞いたから、施設を汚さないよう靴を脱いできたのだろう。

その後ろから背の高い仙龍が、スッと部屋に入ってきた。彼もやはり作業着姿で、額に巻いたタオルを首に掛け直し、

「どうも」

と教授に頭を下げた。春菜には一瞥(いちべつ)しただけである。

「棟梁から電話をもらって来たんすよ。春菜さん、会社へ寄ったんすってね？　なんかあったんすか」

春菜は返答に困ってしまった。

「あったといえばあったけど」

チラリと仙龍を見上げたが、涼しい顔で立っている。

この男は、こういうところがいけ好かないのよ、と心で思う。

「それどころじゃなくなっちゃったから、もういいの」

ちっともよくないのだが、腹が立つのでそう言った。

「それより長坂所長の事務所が無事にオープンできたのよ。鐘鋳建設さんのおかげだわ。いろいろとありがとうございました」

春菜はわざとらしく仙龍に頭を下げた。鐘鋳建設の尽力なくして因縁物件の再利用はできなかったというのは本心である。

「それでね。たぶん間違いないと思うけど、地下墓地に埋葬された方のご家族が、胡蝶蘭を贈ってくれたみたいなの。墓地を残してくれてありがとうって言いたかったんだと思う。珍しく所長も上機嫌で、お客様もたくさんで……ええと、だから、ほんとうに……」

「よかったな」

と、仙龍が白い歯を見せる。ただそれだけのことなのに、だらしなく鼻の下が伸びそうになって、春菜は俯いて鼻をこすった。

「木賀建設の曳家を見に行ったそうだな」

仙龍が訊いてきた。やはりその話で教授を訪ねてきたようだ。

「それもあって棟梁が、こりゃ、うちの出番だと思ったようっす」

「今もその話をしていたところでした。そこなのですけれどもねえ」

小林教授は立ち上がり、腕を伸ばして、広いテーブルにあったバインダーを引き寄せた。春菜は改めて前を向く。仙龍が因縁物件に関わる流れは変えられない。

「仙龍さんたちは幽霊の話を聞いたのですか？」

「電話で棟梁に聞いたっす。で、ここへ寄ってほしいと言われたんすよ。もしかしたら、春菜さんがまだいるかもしれないからって」

「棟梁はどうして、私がここへ来るってわかったのかしら」

「年の功だろ」

仙龍が言う。

「冗談はさておき、基礎知識が欲しくて来ました。教授なら、何か知っているはずだというのが棟梁の考えです」

「それこそ年の功ですねえ」

教授がニコニコしながらバインダーをめくる。案山子を取りにいかなければならないことなど、すっかり忘れているようだ。バインダーの中身は個人的な覚え書きらしく、紙を貼り付けたり、赤鉛筆でなぞったり、教授にしか理解できないメモがびっしりと書き込まれていた。

「教授はあそこで何を調査していたんです？」

仙龍が重ねて訊くと、教授は顔を上げ、

「探し物とでも言いましょうか。行方知れずのお宝がですね、あそこに眠っているのではないかと思ったのですよ」

想像もしない答えを言った。

「なんすか、お宝って」

コーイチが訊く。教授はバインダーを見ながら続けた。

「これは、私が各地で蒐集してきた伝承の中から、特に興味深い話を集めたものですが」

そこで少しだけ言葉を切って、

「ああ、そうだ。最初に言っておきますが、お宝の話と幽霊の話は分けて考えたほうがよろしいでしょうねえ」

と、自分自身に言い聞かせるように呟いた。

「ええ……先ずはお宝の話からしましょうか。さっき春菜ちゃんにも言いましたけど、東按寺というお寺は何度も火災に遭っていまして、お寺の縁起も、仏像や宝物も焼失し、また、そのたび再建されたのですが、江戸期以降は今の場所に立ち続けているわけです。当然、本堂の仏像や宝物などは再建以降の作ですが、さすがに火事の教訓を活かして、防火設備も十分に整えたはずですね。古い記録にはあって、現物がどこに行ったかわからないお宝は、境内の特別な場所に安置されたのではないかと思うのです。お寺に伝わったのは江戸後期ですが」

春菜は閃いてこう言った。

「それが持仏堂の場所にあった何かだと思うんですね?」

そして事情を知らない仙龍とコーイチに説明した。

「持仏堂の床下に石の土台があるんですって。善光寺地震より前の地図では、その場所に四角いマークがあったんだけど、地震後の地図からは消えているの。地震で地上部分が倒壊し、土台だけが残されたんじゃないかって」

「一帯は明治大正期の市区改革事業で整備されたのですが、そのときも、なぜか持仏堂には手をつけていないのですねえ。持仏堂は妙な場所……敷地の端からはみ出すように立っているにも拘わらず、です。このことをご住職に訊きましても、理由はわからないとのことでした。私としては、地下に秘密があったから建物を動かすことができなかったのではないかと考えていたのです。でも時が経ち、今のご住職がついに建物を曳くと言う。それで木賀建設さんにお願いしまして、調査させてもらったというわけなのですねえ」

「そしたらホントに何かがあった。え？　中には何が入ってたんすか」

コーイチが訊くと、教授は残念そうに頭を振った。

「土台の石があるのはわかりましたが、中まで調べることはできませんでした。お堂がもっと移動して、あの場所からどいてくれればよかったのですが、わずかにセットバックして回転させただけでしたので、石があるという以上のことはわからずじまいなのですよ」

「曳家が終わり、もう縁の下には潜れないんですね？」

仙龍が訊く。

「どうでしょう。畳を剝げば床下に入れるのかもしれませんが、いずれにしても土台の石を持ち上げるには持仏堂が邪魔でしょう。残念ですが」

「そっすか？　実際にはどうなんすかね」

と、コーイチが仙龍を見る。

「現場を見ずには何とも言えないが、俺たちが関わるべきは因であって、お宝じゃないからなあ」

「そうっすね」

春菜は大きなため息を吐いた。

「東按寺を調べるんでしょ？　そしてまた危ない目に遭うんだわ」

僭越なことを口走ったと、言ってしまってから気が付いた。

咄嗟に春菜は仙龍の足下を窺ったが、黒い鎖はどこにもない。彼に絡みつくおぞましい影は、いつも突然現れて、春菜の心臓をつかみ上げるのだ。

仙龍は春菜の言葉を気にする素振りもなく言った。

「仕事をするだけだ。危ない目に遭うわけじゃない」

だからその仕事が危ないのよと、以前の春菜なら喰って掛かったところである。けれど、隠温羅流のことを知れば知るほど、心ない言葉は吐けなくなった。長野市周辺は曳き屋の多い土地だという。それは歴史的建造物が多いからで、隠温羅流はそうした建物の存続を陰で支える立役者でもある。蒼具家の土蔵、八角神社の滝洞や、藤沢本家博物館の座敷牢、嘉見帰来山のトンネルに、上越にあった魂呼び桜、パグ男の事務所……彼らがそれを護る姿を、春菜は間近で見てきたのである。

それでも自分は、彼らのことを知っているとは言いがたい。その浅い経験に照らしたときに、仙龍の鎖を解くつもりなら力業ではなく、大きな流れに沿った仕方であるべきだというのがわかる程度だ。珠青はがむしゃらに進めと煽ったわけではなくて、諦めるなと言ってくれたのだ。今、生きてここにいる仙龍を愛してほしいと言ったのだ。二人で同じ方を向き、互いを尊重しながら進んでいけと。

「ごめんなさい。否定したわけではないの」

素直に言うと、コーイチはポカンと口を開け、仙龍も驚いた顔で見下ろしてきた。

「なによ、え？」

「春菜さん大丈夫っすか、熱でもあるんじゃ？」

真剣な顔で訊く。春菜は思わず真っ赤になった。言い返すこともできない。小林教授だけがニコニコして、しきりに両手をさすっている。

「さて、もうひとつは幽霊の話ですが。続けても？」

お願いしますと仙龍が言った。

「東按寺周辺で血みどろ幽霊の噂が立つようになったのは、台風のあとのことですね？

同じ晩にお寺で人死にもあったので、今考えられる原因は三つということになりますか。ひとつは持仏堂を曳家したこと。ご住職はそれを案じて木賀建設さんに相談しました。ひとつは庭守のお爺さんが祟っている可能性。首に痕があったり、落書きを残していたり、自然死とされたことが気に入らないのかもしれませんねえ。

もうひとつは、台風のせいで何かがどうにかなったとか……これはいま、長野市じゅうが大騒ぎになっていますから、幽霊よりも生きている人たちを優先すべきことですね」

けれども、と、教授は指を振る。

「庭守のお爺さんの死が血みどろ幽霊のせいだったとするならば、ことは緊急を要します。三つの原因はバラバラではなく、ひとつにつながるのかもしれないし、そのうちのどれかが互いに作用を及ぼしているとも考えられます。ご住職が心配しておられるのもそこなのでしょう。曳家で鎮めの何かが動いたせいで、よからぬものが噴出し、お爺さんの命を奪ったとするならば」

「床下にあった石ですか？」

春菜が訊く。

「やはりあれがなんなのか、調べることが先決ではないでしょうかねえ」

教授はそこで言葉を切ると、満面に笑みを浮かべて仙龍をじっと見た。

「中身はお宝だって言ってたじゃないっすか」

コーイチが呆れて言う。

「そうなのですがね、お宝の定義にもいろいろとありまして、こちらにはガラクタ、でも、あちらにはお宝ということもありましょう。私が興味を惹かれたのは、血みどろ幽霊のほかに狼を見たという証言ですよ」

「マジすか、狼?」

コーイチは首をすくめた。力持ちで身体能力が極めて高く、軽快な身のこなしが猿のようなコーイチだが、オバケや幽霊が怖いのだ。

「内臓を咥えた狼を見たって、そういう通報もあるみたいなの」

「そこなのですよ。私に思うところがありまして」

「え。なんすかマジすか、なんなんっすか?」

まだ言えません、と、教授は答えた。

「先ずは血みどろ幽霊なるものを確かめに行くというのは如何(いかが)でしょうねえ」

やっぱりこういう展開になるのねと、春菜は思った。はたして幽霊は本当に、仙龍たちの前に現れるのだろうか。

春菜にとっては、正体を確かめても営業成績になるわけじゃない。今日はたまたま空いているけど、仕事はいつも山積みだ。貴重な時間を縫って仙龍の呪いを調べなければならないというのに、ほかの祟りや怪現象に、またも時間を取られようとしている。それでも仙龍が関わるというのなら、サニワの自分が必要だ。一緒に行って血みどろ幽霊の謎を解き、事件を一段落させたいと思う傍ら、刻一刻と迫り来る仙龍の寿命に焦りを感じてジリジリしている。落ち着きなさい。落ち着いて、一歩一歩確実に隠温羅流の歴史と向き合わないと。思うそばから、そんなこと言ってる間にタイムリミットが来ちゃうじゃないの、と心が叫ぶ。焦りと心配で落ち着かず、春菜は思わずため息を吐く。

「いやはや実に興味深いですねえ。これだから学者はやめられません」

ウキウキしているのは教授ばかりで、行く気満々でバインダーを胸に抱き、嬉々としてそう言った。

その直後。教授は春菜に言われて案山子を取りに行く予定だったことを思い出し、慌てて部屋を出ていったので、春菜たちも駐車場へ移動した。

「教授と幽霊を見に行くのね」

春菜が言うと、

「おまえはどうする？」

と、仙龍が訊いた。

自分のことをバカじゃないのと思うけれども、安心すると同時にワクワクしてきた。

仙龍たちが乗ってきた軽トラックには、泥まみれの日用品やガラクタが山のように積まれている。すべて流れてきたもので、被災地では、こうした物が土砂と一緒に道路を塞いでいるのだという。なにもかも一緒くたに流されて、持ち主を知る術もなく、洗えば使えるものでもない。今はとにかく瓦礫(がれき)を撤去して道を通し、救助隊が入れるようにするのが先決なのだが、現場は至るところが泥にまみれて、被害の甚大さに心が折れそうになるそうだ。

「んでも、きっと大丈夫っす。アリだって蜂(はち)だって、あんなちっちゃい体ででっかい巣を作るんっすから、ちゃんと復興できますって」

コーイチはいつも笑っている。その笑顔に何度救われたことだろう。

ニュースでは連日連夜被災地の様子が報道されているのだが、信濃歴史民俗資料館の周辺は平時のままだ。水害に見舞われた地域とそうでない場所には雲泥の差があって、春菜がどれほど心を痛めても当事者の気持ちになることはできない。

誰だって明日の命はわからないと珠青は言った。そのとおりなのだ。

「みんなが大変な思いでいるのに、私、ここにこうしていていいのかしら」

「いいんすよ」

と、コーイチが言う。

「みんなで消沈しててもしょうがないじゃないっすか。普通の生活があればこそ、人は立ち上がれるもんっすよ。だって命はあるんだし、どっかに元気が残っていないと」

確かに命が大切よねと、春菜は仙龍の顔を見る。

「私も行くわ。もちろんよ」

それから比嘉に電話して、一一〇番通報が集中する時刻を教えてもらった。

「夜十一時から深夜二時頃にかけて、電話が多くあるみたい」

「では、その頃に現場を張るか」

「真夜中っすね。春菜さんは大丈夫っすか？」

春菜は力強く頷いた。

「大丈夫。泥かきしている仙龍たちが寝ないで調べに行くっていうのに、営業職の私が寝ているわけにはいかないわ。それに、私が行って何かが見えたら、解決が早まるかもしれないし」

本当は血みどろ幽霊なんか見たくないけれど、仙龍がやると言うなら仕方がない。夜十時半に東按寺で待ち合わせることにして、その場は別れた。

其の五　百鬼夜行

その夜。

春菜は東之門（ひがしのもん）の無人駐車場に車を停めて、外へ出た。

まだ天空に月はなく、生暖かい風が吹いている。仙龍の因縁を解く術についてあれこれと考えながら来てみたが、ひとつ思いついたのは、パグ男の開所式が日曜だったので、どこかで代休を取れるということだった。有給休暇と合わせて会社を休み、一気に調査を進めるというのはどうだろう。

駐車場は精算機の近くに外灯がひとつあるだけで、それ以外は薄闇（うすやみ）に沈んでいる。善光寺近くには飲み屋がなく、どの店も日暮れ時には閉店してしまうので、夜間は静寂に包まれて、自分の歩く音だけがヒタヒタと後をつけてくる。静かすぎるから余計に春菜は思考の渦に呑まれていく。先人たちが手を尽くしても、解けなかった謎なのよ。たった数日休みを取って、解決できると思っているの？　気がつけば、仙龍のことばかり考えている。ゲートの脇から道路へ出ながら、心の中で自分に訊いた。

じゃあ、どうするの。とにかく何かしなくっちゃ、今は何の手がかりもないのよ。

足を止め、またしても「はあ」と、ため息を吐いた。仙龍を救うと決めてはみたが、実際には何をどうすればいいのかわからない。月はどこから昇るのだろうと空を仰いで、前に来たときとは何かが違っていると感じた。

中央通りは明るいが、通りを一本入ると暗い。通りと通りの間に古くからの家々がひしめき合って、懐かしい景観を残しているとも言えるのだが、家々が外灯を消した今、木々や建物がみっちりと黒くうずくまっていて、自分の小ささを感じてしまう。

夜の善光寺周辺がこれほど静かだったと思いもしなかった。夜に訪れるのは二年参りのときくらいで、そのときは参道も境内も善男善女に埋め尽くされているからだ。

前方に中央通りの明かりが見える。それを横切っていけばわずか先に東按寺がある。春菜の立つ場所から中央通りを眺めれば、そこだけスポットライトが当たっているかのようだ。それ以外は人通りもなく閑散としている。

リー、リー、リー、と虫が鳴く。コンクリートに覆われた道路でも、道端の草むらに秋の虫がいるらしい。コロコロいうのはコオロギだろうか。虫の音は、季節の終わりを感じさせて寂しい気になる。一歩、二歩……歩いていくうちに闇が濃くなり、ざざざざ……と、風が落ち葉を巻き上げながら春菜の前を過ぎっていった。

「え、待ってよ……なんで……？」

虫の音が絶えている。

春菜は足を止めて二の腕をさすった。

空気が重く、絡みついてくる感じがする。細い何かを足に引っかけて歩くかのよう。その先がおぞましいものに触れ、悪意がこちらへ向きそうな。

振り返ると、小路の奥が真っ暗闇に沈んでいる。あれ？　さっきもこんなに暗かったろうか。こんなにも墨を流したような夜だったろうか。日頃見慣れた通りのはずが、夜は景色が変わって見える。軒下や電柱の陰、黒一色の暗がりに突然何かが現れそうで、春菜は足早に中央通りへ出ると、仙龍の車が通らないかと見渡した。

人影はおろか車も来ない。このあたりは駐車場が多いからなあと考えたとき、なぜ東按寺の駐車場まで車で行かなかったのだろうと自分を嗤った。

あの日は曳家工事をしていたせいで駐車場が満杯だったのだ。今夜のこんな時間なら、車で現地まで行けばよかった。

「ぜんぜん頭が回ってないわ」

自分に文句を言ったとき、何かが足首に触れた気がした。春菜は飛び退き、街灯の下まで一気に走った。光の下に立ってから改めてあたりを見回したが、妖しいものなど何もない。けれども闇はますます濃くなり、異世界に沈んでいくような気がしてきた。

これはマズいと春菜は思った。闇に没すれば帰ってこられない。ごくわずか、あり得ない狭さの空間で、こちらとあちらは地続きになる。春菜はそれを知っているのだ。

スマホを出して時間を見ると、待ち合わせの五分前だった。

仙龍たちは来ているはずだ。でも、もしも、それが向こうの罠だったなら？　怪異は人を罠にもかける。何かの事情で仙龍たちが遅れた場合は、幽霊が出るかもしれない東按寺の境内で、独りぼっちで待つ羽目になる。それよりは、ここのほうが安全ではないか。

東按寺までは一分前後。どうしようかと考える。

以前は怖くもなんともなかった。幽霊も怪異もただの迷信と思っていたからだ。けれど今はそうじゃない。何より春菜を怯えさせるのは、前に来たときとはまったく違う空気の質だ。淀んで重く、ピリピリと全身を刺してくる。冷気が降って、質量を感じる。この感じには覚えがあった。持仏堂を曳いたときだ。もしかすると、曳家のときに感じた恐怖は、建造物の破損を恐れたためではなくて、それによって生じる障りの気配だったのだろうか。危険を恐れる本能のようなもの。それを私は緊張感と誤解したのか。

街灯の下に立ったまま、春菜はスマホを眺め続けた。

四分前。三分前。二分前……そして一分前になったとき、東按寺に向かって脱兎のごとく駆け出した。東按寺の駐車場は境内の裏にある。この時間はお寺の門が閉まっているから、中央通りを突っ切ってから、塀に沿って狭い小路を進まねばならない。春菜は明かりもない小路へ飛び込んだ。曳家が終わって、仮囲いも取り払われて、今では白い塀と笠木の瓦のコントラストが美しい。けれども先は真っ暗で、空気はさらに重くなる。まっしぐらに駐車場へ向かっているとき、またも何かが足首に触った。

「きゃ」

不本意ながら悲鳴を上げた。獣の影が行く手を過ぎり、濡れた犬の臭いがした。目を凝らしても、よく見えない。ライトを点けようとスマホを出したとき、

「春菜さん、こっちっす」

どこかでコーイチの声がして、とたんに重い空気がほどけた。

駐車場の暗がりで、チラチラと明かりが揺れている。目を凝らすと仙龍の車が停まっていて、その脇に立つ人影が、せっせと手を振っていた。シンバルを叩くお猿のオモチャさながらの滑稽な動きはコーイチだ。

春菜はほっとして力が抜けた。さっきまでの恐怖はなんだったのか。暗がりでつまずかないよう車へ向かうと、運転席の窓が開き、

「大丈夫か」

と、仙龍が訊いた。

「平気よ。どうして？」

「いつもなら時間より前に来ているはずの春菜さんが、いなかったからっすよ。車、どこに停めてきたんすか」

「東之門よ」

春菜は駐車場の場所を告げた。

「バカみたいよね。車で来ればよかったのに、なぜかこの駐車場には停められないと思っちゃったの。曳家のときに満杯だった記憶があって」

「確かにギュウギュウでしたからねえ」

後部座席の窓が開き、小林教授が顔を出す。隣には薄汚い坊主が座っていた。

「やっぱり雷助和尚を連れてきたのね」

春菜は後部座席を覗いて言った。

小林教授の隣にふんぞり返っている六十がらみの坊主は、名を加藤雷助といって、隠温羅流と長い付き合いがある。禿げ頭にはまばらにゴマ塩の髪が生え、髭の濃い顔は達磨大師のようだ。さほど背は高くないが恰幅がよく、世の理に精通しているくせに酒や女にだらしなく、博打が好きで金に汚い。因果応報、借金取りに追われて身を隠すため、山奥の破れ寺を勝手に三途寺と名付けて住み着いている。要は生臭坊主なのである。

「娘子よ。久方ぶりであったのう」

腕組みをして両目を瞑り、雷助和尚はそう言った。根がスケベなので、暗がりで春菜と出会えば即座に車を降りて寄ってくるのが常なのに、今日は座席に座ったままで、手には数珠を握っている。それを見て春菜はゾッとした。

「春菜さん、車に乗ってください」

コーイチは、助手席のドアを開けて春菜に座るよう促すと、自分は雷助和尚の隣に入った。

「和尚、もっとそっちへ詰めてくださいよ。なんつか、酒臭いんっすよね」

「酒ではないぞ、般若湯である」

「一緒っす。今に肝臓こわしちゃうっすよ」

「案ずるなかれ、儂は酒豪じゃ」

「自慢すか」

「シーッ、お静かに」

と教授が言った。

「それでなくとも警察が警戒しているわけですからして、夜の駐車場で騒いでいては、職務質問されかねません。オバケも用心して出てこなくなってしまいます」

教授の気持ちはよくわかるが、春菜は少し嬉しかった。独りのときには感じた恐怖も、彼らが一緒なら耐えられると思う。毎度同じメンバーで、いくつの怪異に立ち向かってきたことだろう。誰が欠けても成り立たないし、だからこそ仙龍を失うことはできない。

「さっきは空気が違うような気がして怖かったのよね」

ひっそりと声を落として春菜は言う。

「それに、何かが足下を通ったの。東之門からここへ来る途中で二回くらい。犬のような臭いもしたわ。まさかあれが狼の正体だったとか」

「正体を見たのか？」

仙龍が訊く。

「暗くてよくわからなかった。ライトを点けようと思ったらコーイチに呼ばれて」

「春菜さんのそばには何もいなかったっすよ。俺、両目とも視力二・〇っすから」

「でも、足に触ったのよ」

「剣呑じゃのう……尻の穴がムズムズするわい」

酒臭い息を吐きながら、後部座席の真ん中で和尚が言う。車内に臭気が蔓延するので、窓が少しずつ開いている。車はエンジンを切っているので、春菜は助手席のドアを全開にして空気を入れ換えた。

「お尻はちゃんと拭いたほうがいいっすよ」

コーイチが囁くと、

「莫迦か。そういうことではないわ」

和尚は怒った。

「剣呑な気配がすると言うのじゃ。ここへ来た当初から。なあ娘子よ、わからぬか」

「空気が重い感じはしたけど……あと、体じゅうがピリピリするの」

「いい兆候ですねえ。それでは幽霊さんに会えるのでしょうかね」

「幽霊ならばまだよいが、此度はそうではあるまいよ」

和尚は突然目を開けて、前方の一点をカッと睨んだ。

「闇が濃いのだ。並々ならぬ怨念を感じる。鬼である」

「でも、目撃されるのは女性の幽霊と、生首や狼だって聞いてるわ」

いや鬼であると、和尚は言って微動だにしない。

こんな和尚は初めて見るので、春菜もいささか緊張してきた。何を睨んでいるのかと窺えば、前方にあるのは持仏堂の影だ。藍色(あいいろ)の空に錣屋根がすっくと立って、風は強く、生ぬるく、怪異の前に感じる冷気はない。リー、リー、リー、と虫の音が、境内の随所から湧いて出る。下草の影も、庭石も、黒い地面に溶け込むようだ。

そのまま誰も喋らなくなり、車内を風だけが行き過ぎた。

どれだけ時間が経ったろうか。

目を覚ますと、仙龍は運転席を出て、外で煙草(たばこ)を吸っていた。下弦の月が天にあり、境内は薄明かりに包まれている。煙草の火が呼吸するように光っていて、吐き出す煙が仄白(ほのじろ)い。後部座席を見るとみな眠っている。あれほど文句を言っていたのに、コーイチは和尚の肩を枕にしていた。

「何時?」

助手席から声をかけると、仙龍がスマホを確認し、

「深夜一時二十分だな」

と教えてくれた。携帯灰皿に吸い殻を入れ、ポケットにしまってから運転席に座る。

「すまん。起こしたな」

「そうじゃない。勝手に目が覚めたのよ。何も起きないわね。残念なのか、幸いなのか」

「そうだな」

リー、コロコロと、虫の音はさっきより賑やかになって、秋の夜が穏やかに更けていく。不穏な気配が消え去れば、風流ともいえるお寺の庭だ。

「今夜来るって、ご住職には話したの？」

「棟梁が電話で了解を取った。勝手にやるから駐車場だけ貸してほしいと話した」

「何もなかったらどうするの」

「明日も来るさ」

と、仙龍が笑う。以前は仏頂面のぶっきらぼうで、腹が立つばっかりだったけど、仙龍は最近よく笑う気がする。気がするだけかもしれないが。

「何事も起きんようじゃのう」

後ろで和尚が目を覚まし、次いで教授も、コーイチも起きた。

「あれ？　何時っすか」

目をこすりながら訊く。春菜はスマホを見て言った。

「一時二十三分ね。今夜は化けて出ないのかしら」

「我々がいるのを察知されてしまったのでしょうかねえ。即時調伏というつもりもなかったのですが。残念ですねえ」

車の外で虫が鳴く。ガチャガチャ、リー、リー、コロコロと、さらに騒がしくなっている。月明かりで闇が薄れて、持仏堂の銀瓦が月光を照り返し、板塀まで見て取れる。大銀杏の陰になっているため本堂までは見通せないが、庭石の奥に祀られている水子地蔵の影なら見える。

「それか、お寺の周囲に出るってことはないかしら」

「いや。ここであろうよ」

と、和尚が言う。春菜は助手席の背もたれにお腹を付けて、後ろを向いた。

「今夜の和尚はちょっと変よ。いつものスケベでいい加減な感じがないわ。具合でも悪いの？」

コーイチがプッと吹き出した。

「冗談で言ってるわけじゃないのよ。もしかして、何か知ってるの？」

和尚は春菜を見て言った。

「死んだ庭守は名を猪助（いのすけ）といってな、儂の同郷だったのじゃ」

「お知り合いだったのですか」

と、教授が訊ねる。和尚は腕組みをしたまま頷いた。

「同じ村の出身である。猪助兄は左官屋での、女房を亡くして独り身を持て余しておったのを、手先の器用な男ゆえ、甥っ子の寺で庭守をしてはどうじゃと勧めたのが儂なのだ。さすればその死に幾ばくかの責任があろうというもの」

「それで元気がなかったの？」

「それだけではない」

和尚は腰を浮かせて座り直した。狭い車内に大人が五人、身を寄せ合って座っているので息苦しい。和尚は春菜に目を向けて、

「感じぬか」

と、眉をひそめた。

「儂はすでに隠居の身ゆえ、葬式には出なんだが、電話で住職から話を聞いた。猪助兄が死んだとき、住職はその首に、竹のノコギリが食い込んでいるのを見た気がしたと」

「え」

と春菜は言い、

「自然死じゃないのか」

と、仙龍も訊いた。

「間違いなくそう見えたのだと住職は言う。さらに猪助兄の顔が、鬼気迫る形相であったとな。両目を剝き出し、歯を食いしばり、で、ありながら笑っていたようにも見える」

「気持ち悪いじゃないっすか、いったいどういう顔なんっすか」

「わからんわい。いずれ不気味な面相であったことよ。慌てふためいて庫裡へ行き、警察を呼んで戻ってみると、首に痣があるだけで、ノコギリなんぞどこにもない」

「気のせいだったってことっすか」

「変な落書きもあったんでしょう？」

「猪助兄の指先は、泥に食い込んでいたという。女の生首のような絵が、兄者の指で描かれていたとな。もともと器用な男であるから絵心がなかったわけでもないが、心の臓をやられて苦しみながら、女の絵を描くというのも珍妙な話よ」

「珍妙って言うより不気味っすけどね」

「さあそこよ」

和尚は腕組みを解き、持っている数珠を回し始めた。数珠玉を一粒つまんで回し、また一粒というようにつまみ続ける。

「奇妙な話よと思っておれば、図らずもお主らに請われてここへ来た。してみれば寺の空気がまったく違う。しかも悪鬼が出るという。猪助兄は死の直前に、やはり何かを見たのであろうよ。心の臓が止まるほどおぞましく、されど恍惚(こうこつ)たる何かをのう」

「さっき鬼って言ってなかった？　なのに恍惚？　それはどういう」

しーっと和尚が目を剝いた。

「娘子は感じぬか。凄まじい怨みと呪い、怨毒である。それが凝ると鬼になる」

春菜は首を巡らせた。

境内には月明かりが落ち、変わらぬ虫の声もする。少なくとも今は何も感じない。

「ごめんなさい。わからない」

「まことに今は何事もなし。敵もむやみに襲っては来ぬようじゃ」

ふぉ、ふぉ、ふぉ、と和尚が笑う。

「からかってるの？　真剣なのよ」

クソ坊主と付け加えたかったが、そこは堪えた。

「さあ……では、残念ながら今夜はお開きでしょうかねえ。怪異はそう簡単に現れてくれないものですね」

教授が話を締めくくり、一同は虫の音も賑やかな境内に出た。コーイチは持仏堂へ近づいていき、腰を屈めて床下を覗いたが、もとより暗くて何も見えない。

「ここにお宝が眠ってるんすね」

深い意味もなくそう言った。

「長丁場になりそうじゃな」

和尚が大きなあくびをする。どんな怪異が起きるのか、それを知らずに作戦は立てられない。何か見えればよかったのだが、今夜の春菜はサニワが利かない。

結局この夜は解散となり、春菜はその場で仙龍たちと別れた。送っていくと言われたが、東之門まではわずか一、二分の距離である。春菜は申し出を断った。

「明日の夜もここへ来るのね?」

「もう今日っすけどね」

「何が起きるかわからなければ、手の打ちようがないからな」

夜更かしはお肌に悪いと思ったが、

「なら、私も来るわ」

と、春菜は答えた。

次回はここまで車で来よう。車が二台で、それぞれにクッションを用意してあれば、もう少し楽に仮眠がとれる。私の車に乗せるのは教授かコーイチ限定だけど。

「それじゃまた夜に」

仙龍たちに見送られるかたちで駐車場を出ると、境内を囲む塀の隙間を通って中央通りへ向かった。塀の隙間さえ抜けてしまえば、寺から中央通りまではわずか十数メートルだ。街灯がなくとも月のせいで薄ら明るい。土塀は白く、笠木代わりの瓦が月光にてらりと光って見える。ただし、足下が暗すぎるので大股では歩けない。靴底で地面の様子を確かめながら、そろりそろりと進んでいく。風流な虫の音を頼りに歩いていると、塀の中ほどで虫の音がパタリと途絶えた。暗さが増して、ビシッと空気が凍った気がした。

キ……キィー……キィーコー……。

どこからか、耳慣れない音が聞こえた。蝶番が軋むような、それとも獣が鳴くような。

春菜は足を止めて息をひそめた。

ドロリと空気が淀んだ気がする。異様な暗さは月を隠した雲のせいではないと、経験からわかっていた。怪異はわずかな隙間に宿る。けれどその隙間がどこにあるのか、感づいて避けるのは容易でない。

キイイイイイ……ヒイイイイイ……風も死んだ暗闇に、奇妙な音は響き続ける。

息を殺して、動きを止めて、春菜は目だけを動かした。血みどろの女などいない。狼の姿も見えない。仙龍はどこだろう。もう出ていってしまったろうか。それともまだ駐車場にいてくれるなら……どうしよう。踵を返して駆け戻り、助けを求めるべきだろうか。

それとも、と、春菜は恐怖を押し殺す。何が起こるか知るのが先か。

地面から獣の臭いが立ち上ってくる。生臭さもある。これは固まりかけた血の臭い。瀕死の生物が発するストレス臭。キイィ……ヒイ……数メートル先の暗がりを、獣の影が過ぎった気がする。ここへ来たとき見た影だ。

もしも何かが襲ってきたら、ここは狭くて身動きできない。春菜は意を決して、足を速めた。塀の隙間を駆け抜けて小路へ飛び出す。すると目の前をまた影が過ぎった。

中型犬程度の大きさで、一匹ではなく、何匹かいる。いや、何匹どころではないのかも。影はひっきりなしに前を横切り、東按寺の入り口のほうへ駆けていく。犬にしては脚が長く、耳も小さい。一匹が立ち止まり、そのとき両目が碧く光った。

前方で、獣は何かを貪っていた。肉を取り合っているようにも見える。

息を潜めて目を凝らし……春菜は悲鳴を上げそうになった。

獣が咥えた白い肉から生々しく血が滴（したた）っている。この獣が狼だろうか。犬のようにも、狐（きつね）にも見える。狼なんて見たことがないのでわからない。獣はくちゃくちゃと肉を噛む。脂の臭いが鼻を衝く。

ひいい、ひい、甲高い音はまだ聞こえている。もしやと心臓が痛くなる。もしやあれは悲鳴ではないのか？　電柱に背中をこすりつけるようにして、春菜はジリジリと寺の正面に近づいていく。聞いて、と、自分に語りかける。あれは本物の狼じゃないわ。サニワが見せる幻よ。そう思い込もうとしたけれど、臭いがするのだ。生々しい血の臭い。糞尿と、濡れた犬の臭気。人いきれにも似た脂の臭い。あれは私を襲うだろうか。咥えていた肉を食べ終わったら？

電柱からゆっくり離れ、今度は寺の外塀に沿って後退していく。踵でアスファルトをこすりつつ、転ばぬように、ゆっくりと。ポケットをまさぐってスマホをつかみ、襲われたらライトを当ててやろうと思う。凄まじい勢いで思考は巡り、車まで辿り着く方法を模索している。幻だ、いや本物だ、あり得ない、では目の前のあれは何なのだ。

グルル……グル……とケダモノが喉を鳴らした。腹を空かせて、飢えているのだ。

走れば必ず襲われる。これが日本狼だとするならば。

昔、何かの本で読んだことがある。日本狼は慎重で、立っている人間は決して襲わないという。その代わり群れで相手をつけ回し、ふいに目の前を横切って、転ぶように仕向けてくるのだ。狼に狙(ねら)われたときは恐怖に耐えて、決して転ばぬよう山道を行くしか助かる方法がないという。恐れおののいて走り出し、転んだとたんに襲われる。そう書いてあった、何かの本に。

春菜は行けるほうへ行く。黒い獣はついてくる。春菜を睨んで、音も立てずについてくる。後ずさる先は東按寺の門だ。春菜が一歩退くと、獣は一歩近づいてくる。甲高い悲鳴も続いている。ますます近くなるようだ。片手にスマホ、片手で塀を探りつつ、春菜は下がって、下がって、下がって、ついに門まで近づいたとき、足の下に何かを踏んだ。そろりと足を上げて目を落とすと、竹軸の面相筆が転がっている。

「なんで……?」

筆は光り輝いて見える。その使い心地すら春菜にはわかる。

紙を滑(すべ)る穂先の切れや、筆先から紡ぎ出される自在な線。何でも描ける。思いどおりに。描くのだ、それで。筆を持て。頭の中で誰かが囁く。描け。描け。真っ白な紙に、思いどおりに、この世の地獄を描き写せ。地面で筆が春菜を呼ぶ。春菜はそっと手を伸ばし、筆の穂先が飢えるように波打っている様に目を留めた。渇いた喉のように蠢いている。筆は命を持っている。そして悟った。墨を欲しているのだと。絵を描くための墨である。ただの墨では物足りない。地獄を描くには、生き血こそが相応しい。

春菜は咄嗟に手を引っ込めて片足を上げ、力任せに踏みつけた。パキンと儚い音がして、筆を折った手応えを感じた。刹那、黒い獣が飛びかかってきた。

腕を振り上げた拍子にスマホが落ちて、春菜は頭を抱えて突っ伏した。狼は春菜をすり抜けて東按寺の門に突進していく。

道に這いつくばったまま防御の体勢で顔を上げ、春菜はついに奇妙な音の正体を見た。

東按寺の門は高さ三メートルはあろうかという薬医門だが、閉め切られた板扉に半裸の女が荒縄で括りつけられている。両腕を頭上でひとつに縛られ、腰と足首も縛られて、板扉に磔にされている。襦袢ははだけて背中側に落ち、両胸は痛ましく露わになって、腰に巻かれた湯文字がかろうじて下半身を隠している。白い腹には一条の刀傷があり、流れ出る血が狼を呼び寄せている。狼どもは足下から攻め、足首から太ももにかけては血まみれで、脛の肉は裂けて骨が見え、片方の足首は噛み切られてすでにない。

ひい、きいい、ひいいい……それは生きながら狼どもに喰われている若い女の悲鳴であった。襦袢も湯文字も血に染まり、乱れた髷の下から色を失った顔が春菜を見る。下半身を喰われた女は出血多量で、すでに声が出せずにいるのだ。

え。なに、うそ……春菜は心で呟いた。

女の血は地面に滴り、瘴気となって先の暗闇に群がっていく。その暗がりに春菜は見た。黒雲のような闇の塊。仙龍に絡みつく鎖にも似たおぞましさ。きゅっと心臓が縮み上がって、全身が総毛立つ。ガクガクと震え、身動きできない。呼吸が浅くなり、締め付けられるように頭が痛んだ。純粋な恐怖と、抗えない危機感。雷助和尚の声がする。

——闇が濃いのだ。並々ならぬ怨念を感じる。鬼である——

黒雲はうずくまって瘴気を発し、もうもうと煙り立って、さらに濃い闇となる。

なるほどこれが鬼なのか。春菜はその場にくずおれた。足が痛い。目が回る。息ができない。ああ、そうか。庭守のお爺さんもこうやって死んだのだ。竹のノコギリで、首を切られて……苦しい、息ができない……もう駄目だと思ったとき、薄れていく意識の底で、元来の負けん気が火花を散らした。どうせ死ぬなら一息でいい。空気を肺に入れたいと。

「はっ」

心臓が裂けてもいいから息をしようと喘いだとき、真っ赤な光が全身を射貫いて、春菜は地面に倒れてしまった。

「そこ！　大丈夫ですかっ」

車のドアが閉まる音。誰かの腕が自分をつかみ、抱き起こされて、揺すられる。

春菜はゆっくり目を開けた。

「もしもし。どうしました、大丈夫ですかっ」

お寺の門へ視線を向けた。

「女……女の人が……」

そうしてようやく息をした。

薬医門の板扉に、丸く光が当たっている。警察官が二人いて、一人は春菜を抱え起こして、もう一人が懐中電灯で門のあたりを照らしていた。春菜は自力で体を起こし、地面に座ったままで呼吸を整えた。

慌てて周囲を見回してみたが、鬼も狼も半裸の女も、煙(けむり)と消えた後だった。

「大丈夫ですか」

警察官にまた訊かれ、今度は恥ずかしくなってきた。立ち上がって埃(ほこり)を払い、放り投げてしまったスマホを拾った。幸いにも保護ケースのおかげで破損していない。

「大丈夫です」

そう答えはしたものの、警官二人に挟まれた。

「こんな時間に、こんなところで、何をしていたんです」

一難去ってまた一難とは、こういうことを言うのだろう。春菜は髪を掻き上げて、どう言うべきかと思案した。酔っ払っているならせめて、だらしない女ということで逃げ切れたかもしれないが、素面(しらふ)のうえに独りぼっちだ。東之門に停めた車を取りに行くところだったと言っても、通用しないだろうなと思う。なぜなら東按寺の門と東之門は反対方向になるからだ。

「幽霊が出るって噂を聞いて……」

仕方がないので正直に話すことにした。

「確かめに来たんです」

二人の警察官は呆れたというように首をすくめた。

「そうしたら狼に襲われて」

懐中電灯を消して、叱るようにこう訊いた。

「あなた、お酒は？」

「飲んでません。素面です」

春菜にも聞こえるくらいのため息を吐く。

「狼ねえ……若い女性が真夜中に、たった一人で肝試しですか？」

ここの住職に調査を依頼されたと言えばよかったのかもしれないが、直接依頼されたのは木賀建設で、仙龍たちが下請けで、自分はひ孫請けなので、それを証明しようもない。パトカーの後部座席に乗せられて住所氏名年齢と、勤め先などを聴取され、そのまま東之門の駐車場まで送ってもらった。

「最近このあたりは救急搬送される人が多いんですよ。面白半分に夜道をうろついて、犯罪に巻き込まれることもありますからね。社会人として節度ある常識的な行動を心がけてもらえるとありがたいです」

年配の警察官に諭されて車に戻り、駐車場を去るまで、彼らは見守っていてくれた。監視されていたともいえるが、とにかく命拾いしたと春菜は思った。現場から遠く離れても、恐怖は生々しく春菜の心を縛っていた。磔にされた女の断末魔の叫びが耳にこびりついている。血の臭いも、獣の臭いも。そして何より春菜が恐れたのは、和尚が鬼と呼ぶものの姿であった。頭に角が生え、赤や青や黒い皮膚をし、獣の革の腰蓑をつけ、爪は鋭く牙があり、好んで屍肉を喰らうという伝説の姿よりも、あれは数倍恐ろしかった。そして、あんなものが仙龍に絡みついているのだと思うと、春菜は震えてくるのであった。

眠りが浅くて翌朝早くアーキテクツへ出社した。自分のパソコンを立ち上げてみると、比嘉からメールが入っていた。昨日、朝イチで長坂の事務所へ荷物を届けてくれたとある。長坂と顔を合わせてしまった場合、なぜ春菜が配送に来ないのかとネチネチ言われそうだったので、朝早く行って事務員さんに渡してきましたと書かれていて笑ってしまった。

比嘉にメールでお礼をしたためてから、春菜は仙龍に電話をかけた。

別れた後に怪異を見たので、話を聞いてほしいと伝える。おぞましい筆の話をしようとしたら、仙龍が言った。

「それで？　大丈夫だったのか」

本気で心配そうな声だったので、少しだけ気が晴れた。

「ちょうどパトカーが通りかかって、何もかも消えたわ。だから全然大丈夫。それよりも、とんでもないものを見たんだけど」

信濃歴史民俗資料館へ来られるかと仙龍は訊ねた。

「いいけど、何時頃？」

仙龍はしばし考えて、午後三時ではどうかと言った。

「俺たちは近くで作業しているから、その時間なら資料館へ行けると思う」

「雷助和尚はどうした？　寺へ帰った？」

「いや、まだいるよ」

と、仙龍は笑う。

「あれから三途寺まで行けば、夜が明けてしまうからな。どうせ今夜も張り込みをする予定だし……和尚はいま、棟梁と一緒にいるはずだ」

「棟梁と何しているの？」

「さあな」

仙龍は、教授にも春菜の話を聞かせたいと言う。

「それがお宝と関係あるのかどうか、教授ならばわかるだろう」

「オバケとお宝が関係あるわけないじゃない。私的には、十日夜の仕事が拾えそうだから資料館へ行くのはいいけれど、小林教授がつかまるかしら？」

「東按寺の件だと言えば飛んでくるさ。俺が電話しておく」

「わかったわ。じゃ、午後三時に」

朝礼が始まるタイミングで電話を切った。

仕事が拾えそうだと言ってはみたが、案山子と大根と餅を飾るだけでは足が出る。

「ああ……大きな仕事、どっかに転がっていないかな」

ため息交じりに呟くと、春菜はスマホをしまって朝礼の列に並んだ。

其の六

鬼哭（きこく）の所業

午後三時少し前。信濃歴史民俗資料館の駐車場へ来てみると、昨日と同じくらいゴミを積んだ軽トラックの脇に、鐘鋳建設の社用車が停まっていた。今日は仙龍とコーイチが別行動なんだなと思いながら社用車を覗いてみると、運転席にコーイチが、後部座席には作業着姿の初老で小太りの男が座っていた。春菜に気付くと、コーイチはエンジンを切ってニコリと笑った。後部座席の人に軽く会釈して、春菜は、それが雷助和尚であると気が付いた。タオルを姉さん被りにして、ほとんど顔を隠している。

車を降りてきたコーイチに、

「和尚は何をやってるの」と訊く。

「今回の件があるから連れてきたんすけど、どこで借金取りに遭うかわからないから作業着を貸してくれって言うんすよ。うちにお腹の出た職人はいないから、サイズが合わなくって大騒ぎっす」

コーイチは振り向いて、

「ね？　和尚」

と、後部座席のドアを開けた。

「春菜さんが来たから、小林センセのところへ行きますよ。社長も中で待ってんすから」

出てきた和尚を見てみると、上着の袖もズボンの裾もグルグルと巻いてたくし上げている。姉さん被りのタオルの下から無精ひげを生やした口元が覗き、『借り物の服を着た怪しい人』感が満載だ。春菜は思わず笑ってしまった。

「なんか余計に目立つんじゃないの？　大丈夫？」

「大丈夫ではない。早よ人目につかないところへ行くぞ。どっちじゃ？　あっちか？」

オロオロするのをコーイチが、

「あっちっすよ。スタッフ用の出入り口はあっちっす」

とエスコートしていく。その姿が可笑しくて、春菜は笑いながら追いかける。

「あまり笑うでない。目立つゆえ」

「はいはい」

「返事はひとつで十分じゃ。繰り返すほど本気度が下がるというもの」

「和尚にそう言われてもねえ……つか、それよりも」

コーイチが振り返る。

「春菜さん、怖い目に遭ったって本当っすか？　俺、送っていけばよかったっすね」

昨晩のことを思い起こせば今でも背筋が冷えてくる。

「いいのよ。すぐそこだからって言ったの、私だし……」

春菜は視線を巡らせて何もないのを確認してから、

「あとでまとめて話すわね」

と、だけ言った。あの悲惨な残虐シーンを何度も語る気にはなれないからだ。

三人は正規のエントランスを通ることなく職員用の裏口へ向かい、インターフォンを押して応答を待った。返事をしたのは小林教授で、電子ロックが外れてドアが開くと、狭い職員用通路に、仙龍と教授が二人揃って立っていた。

「待っていましたよ。さあ、どうぞ」

和尚が真っ先に入っていき、ドアが閉まるとタオルを脱いで「やれやれ」と言った。

「日頃は山奥に住まうゆえ、人目に触れる場所は緊張するわい」

「んでも、軽トラックで競馬や競輪には行くじゃないすか。あれは人混みじゃないんすか？」

「木を隠すなら森の中、人を隠すなら人の中というではないか。競馬場では馬を見る。人を見る者などおらんわい」

「勝手な言い分ですねえ。まあ、和尚さんらしくてよいですが」

教授は狭い通路を進み、いつもの図書室へ一行を案内した。

信濃歴史民俗資料館へ初めて来た和尚は、物珍しげにキョロキョロしている。小林教授がドアを開け、図書室にズラリと並んだ書籍を見ると、和尚は目を輝かせてこう訊いた。

「これはしたり。貴重な書籍の数々が、これほどまでに並んでおるとは。はて、如何ほどの価値があるやら」

「黙って持ってっちゃ駄目っすよ」

コーイチが和尚に釘を刺す。

「莫大な価値がありまして、とてもお金に換えられません。先人たちが生涯をかけて研究した成果ですから」

教授は自分のテーブルではなく、何も置かれていない六人掛けの、本に手が届かない席に雷助和尚を座らせた。教授自身も隣に掛けて、春菜たちが座るのを待っている。

仙龍が教授の向かいに掛けたので、春菜はひとつ空けた隣の席に、コーイチは椅子を引っ張ってきて、和尚の脇にチョコンと座った。

「ところで春菜ちゃん。昨夜はあのあと、怖い目に遭ったんですってねえ――」

教授がテーブルに身を乗り出して言う。

「――どうして逃げてこなかったんですか？」

「俺たち、しばらくあそこで待ってたんすよ。何かあっちゃいけないと思って」

「娘子が無事に帰るか案じておった。何事もなさそうだったゆえ、帰ったが」

やっぱりそんなことだと思った。春菜は背筋を伸ばして言った。

「一応は駐車場へ逃げようかとも考えたのよ。でも、そこまで逃げて、もしも誰もいなかったら、ダメージが半端ないでしょう？」

でも、いてくれた。春菜は気を強くした。

「もうひとつの理由は、下手に動いて怪異が消えてしまったら勿体ないと思ったの。だってそうでしょ？　何が起きるか知りたくて、私たちはあそこへ行ったんだから」

無言だった仙龍が、いきなり不機嫌な声を出す。

「だからって、独りで向き合うなんてバカなのか？」

「バカってなによ」

まあまあ、と、小林教授が割って入った。

「とにかく無事でよかったですねぇ」

「偶然パトカーが通りかからなかったら、どうなっていたと思うんだ」

腕組みしたまま仙龍が言う。

「は？　なんか怒ってるの？」

雷助和尚が、「ふぉふぉふぉ」と笑った。

「是非に及ばず。仙龍は娘子を心配しておるのだわい」

春菜は気まずくなって口をつぐんだ。

「俺だって心配したんすよ？　まさかホントにあの後で、何か起きると思わなかったけど。もしかして、オバケは春菜さんが独りになるタイミングを見計らってたんすかね」

「怖いことを言わないで。私だって何か起きるなんて思わなかったわ。でも、見ちゃったんだからしょうがないじゃない」

「それで、何が起こったのでしょう。春菜ちゃんは何を見ましたか？」

小林教授が訊いてくる。春菜は大きく深呼吸してから、真夜中に見たものの一部始終を話して聞かせた。ただ、板扉に括り付けられていた女が裸同然だったことについては、恥ずかしさと痛ましさで語れなかった。あれを含めて幽霊なのか、それとも過去に起きたことの幻視なのか、判断はつかない。話し終わると、

「うへぇ……」とコーイチが悲鳴をあげた。

「生きたまま狼に喰われていたっていうんすか？　刀傷があったってことは、血の臭いで狼を呼んだんっすかね。その人は罪人かなんかすか？　そうだとしても酷すぎっすねえ」

「罪人じゃないと思うわ」

春菜は言う。瞼の裏にありありと、女の姿が焼き付いている。はだけた襦袢は艶やかな絞り模様で、罪人が身につける粗末な品では決してない。

「着ていたのは高価な縮緬襦袢だもの。それに、乱れていたけど髷も島田に結っていた」

「さすがは春菜ちゃん。民俗の仕事をしているだけありますねえ」

小林教授が感心して言う。

「んでも、どうしてそんなものが東按寺さんに出たんっすかね？　善光寺界隈は昔から栄

えていて、狼が出るような僻地じゃないっすよ。タヌキや狐なら出たかもだけど」

「ほかに気付いたことはなかったか」

仙龍が訊く。

「そういえば……」

春菜はふと思い出す。女のビジョンが強烈すぎて忘れていたことがあったのだ。

「そのとき何かを踏んづけたのよ。足を上げたら筆だった」

「筆とな？　はて、面妖な」

雷助和尚が眉根を寄せる。片や教授は身を乗り出した。

「どんな筆でしたかねえ」

「どんな筆と言われても……細軸の面相筆よ。なんか、語りかけてくる感じがして」

「何を語った」

和尚が訊いた。春菜は大きく首を捻った。

「描け……描け……そんな感じだったかしら。一度は拾おうと思ったんだけど、すごく厭な感じがして、不気味だったから足で踏んづけてやったんだけど」

「はっ」

と、和尚は愉快そうに笑って膝を叩いた。

「そしたらポッキリ折れちゃって……え？　……」

そうして春菜は気がついた。

月が隠れてあたりは異様に暗かったのだ。足下に落ちていた筆の細部が見えたはずがない。それなのに、春菜はハッキリと筆の様子を覚えている。色のない軸。尻の掛け紐。穂先ののどは呼吸するかのようにうねっていて、赤黒い絵の具が付いていた。

そうか。あの筆を含めて怪異だったのだ。なぜなら怪異は、ほんの一瞬目の前を過ぎっただけだとしても、細部までくっきりと脳裏に焼き付く特徴があるからだ。

「幻を見たのね。狼や女性と同じに」

パン！　と教授がテーブルを鳴らし、春菜は驚いてのけぞった。

「それです！　春菜ちゃん、筆ですよ！」

教授はやおら立ち上がり、興奮してテーブルの周りを歩き始めた。手を揉みしだいてニヤニヤしている。何事かと春菜たちは視線を交わした。

「どうしたんです」

仙龍が訊いた。

小林教授は眼鏡を外すと腰の手ぬぐいでレンズを拭いた。顔を上げると眼鏡を掛けて、真っ直ぐ書架へ向かっていく。大型の書籍が並ぶ最下段からB４判はあろうかという本を抜き出して戻ってくると、春菜を見ながらこう言った。

「実はですね。昨晩は春菜ちゃんと待ち合わせの前に、東按寺のご住職と会いまして、詳しく話を聞いたのですよ。庭守の猪助さんが亡くなってから、ご住職は夜間に庫裡を出ないようにしているものの、奇妙な声や笛の音などは本人もご家族も聞いているそうです」

「笛の音のように聞こえていたのは、人が苦しむ声だと思うわ」

「今の話からするとそのようですねえ。なかんずく百鬼夜行の笛の音なども、元を正せば人の浅ましい所業が生んだ音かもですねえ。喉笛(のどぶえ)を斬(き)られた者の悲鳴とか、女性がすすり泣く声とかでしょうか。人という生き物の闇は深い。ご住職はあのあたりで起きている怪異や通報について警察から話を聞いていまして、春菜ちゃんが見たという狼のほかにも、地面に生えた生首や、びしょ濡れで半裸の女性、おびただしい蛇の群れ……体を縛られた人が目の前に降ってきたというような証言もあると言ってましたよ。串刺(くしざ)しにされた人や、酷いのになりますと石子詰めにされて目玉が飛び出した男性も」

「なんすか石子詰めって」

「処刑方法のひとつです。縦に深い穴を掘り、その真ん中に手足を縛った罪人を立たせて、周囲に石を投げ込んでいくのです。大悪天皇(はなはだあしきすめらみこと)と称された、雄略天皇(ゆうりゃくてんのう)の話がありまして、彼は異母兄の八釣白彦皇子(やつりのしろひこのみこ)を石子詰めにして殺すのですが、足下から徐々に埋めていって、腰まで埋まったところで、八釣白彦皇子は両方の目玉が飛び出て死んでしまったそうですよ。実際にそうなるかは別として、同じような記録はほかにもあります。思うに、足下から埋められていくことで体の内圧が急速に上がって、そのような現象が起きるのでしょう」

教授は本をテーブルに置き、大きく広げた。

一頁ごとにグラシン紙を挟んで保護されている貴重な画集のようである。

「さて、ここにひとつの伝承があります。この貴重な本は、明治維新の前年にあたる一八六七年にロンドンで刊行された『日本風俗図録集』から、スコットランドヤードが犯罪プロファイリングの資料として一部を抜粋、製本した品ですが、挿絵を描いたアーティストは外国人ではなく日本人です」

教授は一同の顔を見渡した。

「江戸末期に暗躍した……今で言うところの連続猟奇殺人鬼でしょうか。その残忍な手口から『鬼哭』と恐れられた事件がありました。犯人は捕まらず、ただ累々と屍だけが発見されて、鬼の仕業と恐れられたものの、事件の顚末を知る者はおりませんでした。それらは江戸周辺のへんぴな場所で、それぞれ独立して起きたとされ、知る者だけが声を潜めて、奇譚や怪談として伝えたに過ぎないのです」

ところがですね、と、小林教授は人差し指を振り上げる。

「『鬼哭』に見舞われた被害者たちの状況をひとつに記したものが、なんと海外で刊行されていたことがわかりまして、バラバラだった事象が連続殺人事件としてつながったというわけです。もっとも、すでに令和の今となっては、それが連続殺人事件だったことがわかっても、どうすることもできませんがね」

「えぇぇ……なんすかー……？」

怖い話が苦手なコーイチが眉をひそめた。心なしか声もうわずっている。

感想を問うように教授が見るので、春菜も思わず顔をしかめた。

「発見って、その本のこと？　でもそれは出版物でしょう」

「この本はそうですが、問題となるのはこの本に載っている元絵を描いたアーティストのほうですよ。カメラもない時代ですしね、記録は絵で残すしかなく、各藩にもそれ専用の役人がいたくらいですから。このアーティストもそうした役人の一人だったのではないかと思います。往時、人の死は今よりずっと身近にあって隠されもせず、日常の片隅に転がっているようなものでした。死体の写しといいますと、『九相図』や『九相詩絵巻』が有名ですが——」

「野捨てされた屍が骨になるまでを九段階で描き記した仏教画のことっすよ。肉体の執着や煩悩は悟りを得る妨げになるからって、修行のために描かれたんすけど、小野小町とか橘嘉智子とか、屍が美女ばっかりっていうのがもうね」

コーイチが補足した。一見チャラいコーイチは、文化人類学の修士号を持っているのだ。

「——それを言うなら、こちらはもっとえげつないですけれどねえ」

教授はニッコリ微笑んだ。

「仏に帰依したとて、煩悩が容易に祓えようか。さすればこそ人である」

和尚が偉そうにのたまってくる。

「煩悩なくして発展もなし。まして肉欲がなければのう、人類は疾うに滅びておるわ」

「和尚さんの説法はともかく」

教授は両手をこすり合わせた。その瞳は水を得た魚のように活き活きとしている。

「人は、残虐なもの、凄惨なもの、淫乱なもの、恐ろしいもの、おぞましいものを忌み嫌いますが、同時に強く惹かれもします。本の資料となった元絵は幕府黙認のもと、秘密裏に外国人に売り渡されたもののようです。おぞましい絵ですけれども、そういう意味で言うならば、やはり抗いがたい魅力があったということでしょうか。鬼哭はオランダ語で『ヤパンス・ダイヴル』、日本の悪魔と呼ばれていたようですが、記録を見ればかくやと頷けますからして」

小林教授が本を開いたので、春菜は椅子を蹴って後ずさった。

即時目に飛び込んできたのは血の色で、生々しい死人の姿が大判の紙面に克明に描き記されていた。最初の一枚は、串刺しにされた女である。深いススキの原に、半裸で手足を括られた若い女が、長さ一間はあろうかという杭に串刺しになっている。杭は両足の間から口へ突き抜け、その体は自らの重さで地面まで落ち、両足に踏みしだかれたススキが血にまみれ、すでに腐乱が始まった屍の脚を狐が貪り喰っていた。腐乱死体の臭いが漂ってくるかのような生々しさと臨場感だ。

教授はペラリと頁をめくった。次の絵は、地中に埋めた桶から引きずり出される死体であった。桶の内部は血の海で、首はあり得ない方向に落ち、皮一枚でつながっている。血塗れのノコギリが近くに描かれ、首はそれを使って挽き切られたのだと思われた。

「うえぇ」

と、コーイチが顔を背けた。

「鋸挽きの刑ですが、主殺しなどの重罪人に科せられたという記録があります。あらかじめ桶を地中に埋めておき、その中に罪人を座らせて首だけを出し、首にノコギリで傷を付け、高札を掲げて、被害者の家族など罪人に怨みを持つ者たちに、自由に挽かせたらしいです。けれど見せしめという側面が強くて、ですね、実際にノコギリを挽く者はほとんどいなかったそうですが。罪人は陽に炙られて熱中症で息絶えるか、磔にされて死んだようです。この絵の死人は違っていますが……」

教授はさらに頁をめくる。

「春菜ちゃんから噂を聞いたとき、すぐにこの本のことが頭に浮かんだのですよ。似ているなあと。どうですか？」

教授に訊かれて、春菜は答えた。

「確かに恐ろしいほど似ています。なんというか、雰囲気が」

「幽霊を見た人たちのなかには、地面から生えた生首や、内臓を咥えた狼や、血まみれの女性を見た者までいると言ってましたが、それらはどれも、この本に描かれた死人の様子と似ています。ええっと……これを見てください」

教授はとある頁を開き、紙面を春菜に向けてきた。

「あっ」

と、春菜は身を乗り出した。

それは木に縛られた二人の女性が生きながら狼に喰われる様を克明な筆致で描いたものだった。一人は若く、一人は老齢。若い女が画面手前に描かれているが、はだけた縮緬襦袢の細緻な模様も、小豆色の湯文字も、昨晩目にしたそのままだ。

乱れた髷の下の苦悶の表情。それすら春菜には見覚えがある。違うのは、括られているのが板扉ではなく木であることと、老齢の女性が一緒にいることくらいだろうか。老女のほうは股から下を喰い散らかされ、すでに息絶えているようだ。

「どうして……」

真っ青になって春菜は呟く。吐き気で胸のあたりがムカムカしてくる。

「この人よ。顔も着物も同じだわ」

「なるほどなるほど、そうなんですね」

教授は深く頷いた。

「え、どういうこと？」

なにが『そうなんですね』なのか、春菜にはサッパリわからない。

「春菜ちゃんは現場で筆を踏んだと言います。それで確信を持ちました。いいですか？」

教授は胸糞悪い頁を閉じると、興味の対象をまとめたというバインダーを引き寄せた。

「私はこの歳になりましたけど、まだまだ調べたいことがありましてねえ、今回のことはまさに、そのうちのひとつの答えではないかと興奮しているのです。この本と、東按寺で起きている怪異と、東按寺の場所がキーポイントなのですよ。仮説が証明されていく瞬間は、何度経験してもいいものですねえ。これがあるから学者は老いてなどいられない。いや、長生きはするものですよ」

これを見てください、と教授はバインダーを広げてみせた。

そこには、今見た本とそっくりな、一枚の錦絵の写真があった。

同じ構図に、同じ女たち、そして狼が描かれているが、資料と違って錦絵は迫力があり、凄惨なシーンがより生々しく妖艶で、退廃的なエロスが魂を浸潤してくるようだ。

「げ。同じシーンじゃないっすか。別の人が描いたんすかね」

コーイチが覗き込んでくる。写真は小さいので直視できるらしい。春菜も身を乗り出してじっと見た。このくらいの小ささならば、凝視する勇気も持てるというものだ。

「よく見ると構図が少し違っているわ。錦絵のほうは、ここ」

とても口にできないので指で示した。

錦絵の女たちも同じように立木に縛り付けられているのだが、腹に刀傷はなく、頭上に吊られた二本の腕の手首から先がスッパリ切れてなくなっている。あふれ出る血が腕を伝って体に流れ、白い乳房に何条もの線を描く。手首は地面に捨てられて、狼どもが奪い合う。食い千切られて骨が見える脛、狼が腰に巻かれた布を噛み、湯文字の下から太ももが覗く。それにより残虐性が際立って、背筋が寒くなるほどだ。

「私が見た女の人は手首があったわ」

「絵を売るための演出であろうよ」

薄目になって和尚が言った。エロ坊主だが、血腥(ちなまぐさ)いエロスは好まないらしい。

「え、なに、演出ってどういう意味?」

すごくいやらしいことを言おうとしているのかと思って訊いた。

「実際に手首を切れば、エロスの前に失血死するわい」

「つまり……なに?」

春菜はもう一度写真を見下ろす。

「手首を切ったほうが残虐性が増すから、演出としてそう描いたってこと? でも、私が見た女の人は本当に狼に襲われていたのよ」

「鬼哭の犠牲者だったのでしょうねえ」

「うえ。ひゃー。んじゃなんっすか？　これはマジモンの『責め絵』だってことっすか。え、教授はそう考えているんすね」

「マジモンの責め絵って……？」

春菜はオウムのように繰り返す。昨夜の情景が頭に浮かんで、磔になっていた女の恐怖と苦しみを、我がことのように感じてしまう。

小林教授はバインダーを閉じた。

「責め絵の『せめ』は『責める』の意味で、『責め絵』のほかにも、『血みどろ絵』や『残虐絵』、『無残絵』などと称されましたが、雷助和尚が言うように、いずれも演出を加えて描かれた娯楽品です。拷問や処刑シーンを嗜好に寄せた錦絵には一定の需要がありまして、九相図のモデルに美女が選ばれるのと同様、若い女性の残虐シーンを描いた絵は金持ちの好事家などが競って蒐集したのです。高額で入手しにくいこれらの絵は、『春画』や『あぶな絵』などと同じく、金満家のステイタスとして流行しました」

「え、じゃあ、鬼哭の検視絵図を海外へ持ち出した外国人も、そういうつもりで絵を買ったってこと？」

「かもしれません……まあ、美術品と呼ぶにはえげつないので人目を忍んで保管され、日の目を見ることもなかったのですが、昨今はネットの影響か、なんでもかんでもおおっぴらになってきましてね」

「私だって、仕事柄『あぶな絵』程度は知ってますけど、ああいうものはモデルを使って、想像力で補足して描くんでしょ？　でもこれは、猟奇殺人の被害者じゃ……」

「そうなのです」

教授は眼鏡を押し上げた。

「これほどまでにそっくりな構図の錦絵を知るまでは、私も画家の想像力の賜だと思っていましたよ。落合芳幾も、かの有名な葛飾北斎も、月岡雪鼎も芳年も、多くの絵師が商用として無残をテーマに描いておりますし」

気持ちの悪い絵も写真も閉じて、教授は言う。

「けれどそれらは市井で起きた刃傷沙汰や、それにインスピレーションを受けた芝居の一場面を描いたもので、殺人事件の被害者を描いたものではありませんでした。鬼哭とはどういう事件だったのでしょう。被害者を描いた資料と錦絵、二枚の画に関わりがあるのではないかと疑ったのは、私が初めてではないかと、こう自負するわけですが」

「早う話の要点を言わぬか」

和尚が急かす。教授は祈るように両方の手のひらを合わせた。

「東按寺の持仏堂の下にお宝が眠っているのではと、話したことを覚えていますか？」

誰にともなく訊ねるので、春菜らは互いに顔を見合わせ、頷いた。

「何から話せばいいのでしょうねえ……」

教授は合掌したまま天井を仰ぎ、それからパチンと手を打った。

「ええ、先ずは善光寺の出開帳です。出開帳とは、秘仏やご本尊をお寺で公開する居開帳に対し、それらをはるばる遠方へ運んで催すご開帳のことでして、仏様が自ら各所へお越しくださるというありがたさから、先々で凄まじい数の参拝者を集めることができたのですね。善光寺の場合、出開帳は江戸、京、大坂を回る三都開帳と、諸国をくまなく回る回国開帳とがありまして、これにより諸国に信徒を広げていきました。江戸期に頻繁に行われまして、ここに」

教授はまた書架へ行き、古い書物を取り出した。

「市中見聞録もしくは俗事奇譚と言いますか、出開帳について記した僧の日記がありまして、ええと」

頁をめくって「ここですね」と言う。

「天保四年（一八三三）に、今の浅草あたりで出開帳を開いた折に、猿若町の通人から一冊の草紙本を預かったという記載があります。『其の本怨毒にまみれて障り有り。御仏の霊験により修祓せんと云々』と書かれていまして、霊験あらたかな善光寺さんへ持ち帰り、懇ろに供養してほしいと頼まれたのです。草紙本の中身は『人より出とは思われぬ怨毒』で、夜な夜な亡者が抜け出して持ち主に祟り、それを持つ者が死んだり、気が触れたりしたという。焼き捨てようとした者はどこからともなく現れた犬に食い殺され、封印すれば鬼哭が響いて眠れない。また、これを保管していると、周囲に火を噴いて火災が起きたといわれます。僧は浅草寺の宮大工に相談して、仏像を彫ったあまりの白木で箱を作って本を入れ、塩に埋めて封印し、お札を貼った状態で信濃の国へ持ち帰ったというのです」

「お宝は草紙本のことだったんですか」

「そうなのですよ」

仙龍に訊かれて教授は頷く。今しも踊り出さんばかりに喜んでいる。

「金銀財宝ではありませんけれど、民俗学や人文科学の見地からして貴重なお宝であることに間違いありません。この記録が本物なのか、そんな草紙本が実在したのか、知りたくなるのが人情ですねえ。ええ。もちろん調べましたとも。それでこの、『日本風俗図録集』にあった鬼哭の絵に辿り着いたというわけですが。これぞまさしく、人より出とは思われぬ怨毒ではないですか。それが錦絵になったなら、それこそ怨毒草紙でしょう。ところがですね、善光寺にはそれらしき品が伝わっていなかったのです。まあ、いつの世も、伝承は面白がられたり、ありがたがられたりするものですが、まったくの創作であるならば、できすぎているように思いませんか？　祟りや怪異はともかくとして、正式な報告書である僧の日記に書かれたからには、某かを持ち帰ったことは事実でしょう。ならば、その箱はどこにあるのか。そこで閃いたのが、善光寺を護るように立つ七社七院のことですねえ。本筋とは離れますので割愛しますが、善光寺というお寺は周囲にいくつも結界を張っておりまして、その一例が、七つの神社と七つのお寺です。なかのひとつが東按寺なのですねえ」

教授は春菜の顔を見た。

「それって、古地図にあった四角い印のことを言ってるんですか？」

春菜が訊く。

「おかしいとは思いませんか？　ありがたい如来様が鎮座して、持仏やご位牌が祀られている持仏堂を動かしたとして、いったい何が障るのでしょう。それが一番の謎ですねえ」

小林教授はニヤつきながら、人差し指を振り上げた。「お坊さんが草紙本を持ち帰ったのは、江戸時代のことですからね。私は、草紙本はいっとき善光寺境内に保管されたあと、東按寺の本堂が再建された天保十年以降に東按寺へ移されたのではないかと考えました。東按寺の本派は箱清水の歓恵寺さんなので、こちらにヒントが残されているのではないかと思って行ってみました。ええ。今朝早くのことです」

いつもながら小林教授は、興味のあることに関してフットワークが軽い。彼は嬉しくてたまらないという顔で、閉じたばかりのバインダーをまた開いた。

「思ったとおり、歓恵寺さんには東按寺の本堂建造当時の記録が残されていたのです」

バインダーに挟んであった紙を抜き取る。

それは拙い手書きの図面で、東按寺境内の様子を描いたもののようだった。

「本堂の再建に際し、本派である歓恵寺からは相応の資金が流れています。当然ながら意見を言える立場でしたし、宗派の長にも報告が必要です。これは本堂再建の打ち合わせ用平面図とでも申しましょうか、それのコピーなのですが」

建物の輪郭と文字だけの図面を見ると、当時、東按寺の境内がどんな様子だったか偲ばれる。境内には大仏堂と称された建物のほか、庫裡、秋葉堂、石灯籠、地蔵尊、ほかに供養塔の記載があった。

「あっ、四角が供養塔になっている。『宝』の文字はないわ。何を供養したものかしら」

「さあ、そこですよ」

仙龍は無言でしばし考えていたが、顔を上げてこう言った。

「神社仏閣を建てる宮大工は限られています。東按寺を建てた大工なら、当時の資料を持っているはずですが」

そう言いながらスマホを出して棟梁にかけた。

春菜はこっそりコーイチに訊く。

「そういうもの？　東按寺が再建されたのって百八十年も前なのよ」

「そういうもんっす。うちだって何百年も昔の資料を残しているし、図面は宮大工の宝っすから」

鼻の穴を膨らませて胸を張る。

仙龍は電話を切ってこう言った。

「東按寺を建てたのは鶴竜さんのところらしい」

「マジすか」

とコーイチが眉をひそめる。

「どうしたの」

春菜が問うと、仙龍が答えた。

「その会社は赤沼にあって、この台風で被災したんだ。神社仏閣に使う貴重な木材や、加工用の機械が水に浸かって、億に近い被害が出ている」

「それじゃ、とても話を聞きに行ける状態じゃないのね」

「いや」と、仙龍は頭を掻いた。

「鶴竜建設には青鯉や軔が手伝いに行っているからな」

そうしてまた電話をかける。珠青の亭主である青鯉に首尾を訊き、鶴竜建設の社長と話せるか訊ねた。

億に近い被害とは金額だけでも震えるが、さらに深刻なのは貴重な木材を使用できなくなったことらしい。木は先端に向かうにつれ細くなる。一本の太い柱を使おうと思えば、根元ではなく先端部分の太さによって材木の太さを測らなければならない。そうした樹木は希少であり、今では伐採できる場所もない。しかも、木材は乾燥するときに割れや変形が起きるため、伐採してすぐに使えるわけでもないのだ。和風建築を支えるための真っ直ぐで太い木材は、大金をはたいたからといって容易に入手できないのである。

「鐘鋳建設の仙龍です。お忙しいところ恐縮です」

どうやら先方が電話に出たらしい。手伝いの礼を言われてか、仙龍は何度も頷いた。

「それで……こんなときに恐縮ですが、古い工事の図面などは」

数秒おいて仙龍は、

「そうですか。それはよかった」

と、白い歯を見せた。しばらく話してまた青鯉に代わり、何事か指示して電話を切った。

「工場は水に浸かったが、資料や図面の関係は幸いにも垂直避難して無事らしい」

「んじゃ、東按寺の図面も？」

コーイチが訊く。

「無事だ。宮大工の命だからな。工場と作業場以外は無事だというので、青鯉が調べて電話をくれると言っている。何から手を付けていいか、途方に暮れていたときにすぐ駆けつけてくれて感謝していると、鶴竜さんが言ってたよ」

「親切って、しておくもんすね」

と、コーイチが笑う。青鯉、靭、転、茶玉。隠温羅流の四天王と称される職人たちが向かったならば、顔を見ただけで相当に勇気づけられたのではないかと春菜は思う。

小林教授の蘊蓄を聞かされながら待つことしばし、青鯉から仙龍に電話がかかった。

「俺だ。青鯉か、悪かったな」

仙龍はスマホを耳に当て、ベルトに指を掛けて天井を仰いだ。

「それで、どうだ。うん……ああ、うん……」

しばらく話して「わかった」と言う。

「手を止めてすまなかった。鶴竜さんにも礼を言っておいてくれ。俺たちも、こっちの目処がついたら合流するから……そうか……すまない」

スマホを切ってポケットに入れ、最初にコーイチに目をやった。

「工場の掃除は今日明日あたりで目処がつくそうだ。あと」

次に教授と和尚を見やる。

「再建当初の図面を見たら、供養塔と書かれた場所は『筆塚』になっているそうです。刻まれた碑銘が筆塚だったのだと思いますがね」

「筆塚」

春菜は全身に鳥肌が立った。面相筆を踏み折ったときの感触が、足下から這い上がってきたのであった。春菜は歓恵寺にあったという図面を指した。

「古地図にあった四角はこれよね？　今の持仏堂の場所にあったのは供養塔で、でも、筆塚だったの？」

方位がないので定かではないが、敷地の隅にあることからして間違いはない。

「ほほう」

と和尚が妙な声を出す。僧衣ではなく作業着なので、いつもよりずっと迫力がないが、深刻な形相は真に迫っている。

「そうであるなら奇っ怪なことよ。歓恵寺の和尚はおそらく、伝聞を知っておるゆえ供養塔と記した。宮大工は現場をそのまま写したために筆塚とした。碑名がそうなっておったからであろう。つまり筆塚は、某かの供養のために建てられたのじゃ。猿若町から来た怨毒草紙は、障りを恐れて地下に葬り、筆塚と刻んで封印したのか？　絵を描くのは筆だから……と思えばこじつけられるとしても、珍妙な話よ」

腕組みをしてコーイチが言う。

「筆塚って、あれっすよね。普通は、寺子屋の師匠や筆子が、使えなくなった筆に感謝して、供養のために建てるもんじゃないんすか？」

小林教授は嬉しそうな顔で眼鏡を直した。両方の手をこすり合わせている。

「ところがそうとも限りません。私の先輩に更級郡（さらしなぐん）の筆塚を研究した人がいるのですがね、同所で確認できるだけでも三百以上の筆塚が残っているようで、筆塚もいろいろとありまして、寺子屋、医者、修験者、ほかに僧侶(そうりょ)や武士が建てたものもあるようですよ」

「だが、東按寺の持仏堂の下に埋めてあるのは本なんですよね」

仙龍が訊く。教授は仙龍にも笑顔を向けた。

「草紙本を埋めて筆塚と称す。この謎は掘り返してみなければわかりませんが、怪異の最中に春菜ちゃんが筆を踏んだことからも、あの場所に怨毒草紙が埋まっている可能性はますます高くなったと思われます。なんとなれば、春菜ちゃんが見たのは捌(さば)き筆(ふで)ではなくて、細軸の面相筆だったのですから。面相筆を使うのは絵師ですし」

「面妖じゃ、面妖じゃ」

苦虫を嚙みつぶしたような顔で和尚が呟く。

「鬼哭と呼ばれたむごい殺人、東按寺の周りで目撃される怪現象がそれに似通っているのはわかった。娘子はまた筆を見た。而(しか)して筆は猿若町の通人が恐れた怨毒草紙に関わりがあると言う。では、曳家と怪異の関係は如何に」

「持仏堂には因がなかったんでしょう? 木賀建設の社長さんが言ってたわ」

「すべてに隠温羅流が関わっているわけじゃないからな」

仙龍が言う。

「隠温羅流が因を残すのは、自ら曳いた物件だけだ」

「そうですよねえ。それに、東按寺さんの持仏堂に関して言えば、今回初めて曳家されたわけですからして、因がなくても何ら不思議ではないですねえ」

「んでも、幽霊が出るようになった原因が持仏堂にあるってことは、間違ってない気がするんっすけどね」

和尚は腕組みをして何事か考えていたが、両目を閉じたままで言う。

「かの寺の敷地に入ったときは、闇が濃いのに驚いた。並々ならぬ怨念も感じた。まこと鬼のような気配であったが」

「あ……」

春菜は指先で唇に触れた。小林教授が心配して訊く。

「春菜ちゃん、どうかしましたかねえ」

「もうひとつ思い出したことがあるんです。私……」

鬼を見たかもしれないと、春菜は語った。

「門の板扉に括られた女の人を見たとき、すぐ近くに」

チラリと仙龍の足下を見る。今日は鎖が見えないが、それにそっくりな雲霞のごとき瘴気の塊が地面にうずくまっていた。春菜は和尚を見て言った。

「角も牙もなかったけれど、あんな恐怖を感じたのは初めてで、もしかして、雷助和尚が鬼と呼ぶのはこれのことじゃないかと思ったくらい」

「怖すぎるっす」

と指先を噛んでコーイチが言う。和尚はゆるりと目を開けた。

「娘子よ……それを見たか。感じたか」

春菜は無言で頷いた。

「然らばそれは底なしの邪気。猪助兄の首には赤い痣が残されておったが、今の話を聞いて理由が知れた」

「どんな理由っすか？」

「やはり鬼であったのじゃ」

と、和尚はコーイチを睨んだ。

「他人の不幸、恐怖、苦しみ、痛み、嫉妬に妄執……まだあるが、それらを無上の悦びとする歪んだ心が凝り固まって、発する瘴気が鬼になる。人に取り憑き、惑わせて、そのものを取り込みながら膨らんでゆく。娘子が見たのもそれならば、無残に殺された者らの怨念が猪助兄の体に障り、同じ痕跡を残したのであろう。首から下を地中に埋められ、生きながら鋸挽きにされた亡者の怨念。昨晩も、もし、パトカーが娘子を見つけなかったら、腹に一条の刀傷、腰から下は狼に喰われ、無残に死んだ女の怨念が、娘子の体に痣を残したはずじゃわい」

そうならなくてよかったと、春菜は今さらゾッとする。

「でも、ちょっとよくわからないんだけど、鬼というのは概念であって、人やバケモノのような個体ではないってことなの？」

「あながちそうとも言えんわい。むごい殺され方をした者が、誰彼かまわず同じ苦しみを味わわせてやりたいと願うなら、己の呪いに囚われて自ら鬼になることもあろう。また別に、鬼の心を持つ者が他人の悲運を貪るあまり、生きながら鬼になることもあろうよ。むごい殺され方をした者の魂魄が近づく者に害をなすことも……」

「東按寺の鬼はどれなんっすか？」

コーイチが訊くと、和尚は答えた。

「それがわかれば苦労はせんわ」

「んなら、どうすりゃいいんすか」

「持仏堂を見に行くか」

仙龍は顔を上げ、小林教授を見て言った。

「ご住職に連絡してもらえませんか。曳家で何が変わったか。それを調べないことには始まりません」

「おおそうですか。やっぱりそれがいいでしょうねぇ」

教授はすぐさま寺に電話して、持仏堂を見せてもらう手はずを整えた。

「俺たちは霊能者じゃないからな。謎を解くには、つながりをひとつずつ解いていくほかはない」

仙龍は春菜を見下ろすと、「助かったよ」と、静かに言った。

「おまえが踏ん張ってくれたおかげで手がかりがつかめた。だが」

やや険しい顔になる。

「勝手に危ない目に遭うのはやめろ」

「勝手に遭ったわけじゃない。言ったでしょ？　駐車場へ戻って仙龍たちがいなかったらどうしようって考えたから」

「俺たちがおまえを置いて勝手に帰ったことがあったか」

「そんなのわからないじゃない。あの場でサヨナラしたんだし」

「無鉄砲にも程があるだろ。もしも和尚が言うように」

「私が狼に喰われたら？」

春菜は仙龍の瞳を睨んだ。

もしもそんなことになったなら、仙龍は泣いてくれただろうか。

「バカを言うな」

「バカはどっちよ。鬼がいるのに、また危険な仕事に関わるなんて」

そうじゃない、そんなことを言いたいわけじゃない。それが仙龍の仕事だと、頭ではよくわかっている。心の半分で反省しながら、素直に引き下がることができない。仙龍はどんな立場で私の行動を制限したいの？　春菜はそれが知りたいのだった。

「これが仕事だ。わかってるだろ」

「わかってるわよ。わかってるから……」

「まあまあ」

と、今度はコーイチが割って入った。

「小林センセは、もうバインダー抱えて行っちゃったっすよ？　軽トラックは置いといて、みんなでバンに乗っていきますか？」

「私は自分の車で行くわ」

春菜はプイッと顔を背けて、自分のバッグを引き寄せた。可愛げのない女だと反省しつつ、少しだけ仙龍に歩み寄る。

「……東按寺から会社へ戻らなきゃならないし……」

「わかった。じゃあそうしよう」

仙龍は颯爽と部屋を出ていった。

再びタオルを姉さん被りにして和尚が続き、心配そうに立ち止まっていたコーイチを先に行かせると、春菜は図書室の電気を消して、みんなの最後にバックヤードを出ていった。

秋晴れの観光日和だったというのに、東按寺の周辺は人通りもなく、春菜は寺の駐車場に悠々と車を停めることができた。コーイチが運転する鐘鋳建設のバンも一足遅れで到着し、人目に付きにくい隅っこのほうに駐車した。おそらく和尚がそうしろと言ったのだ。

バッグからコンパクトを出して鼻の頭にファンデーションを塗りながら、子供じゃないんだからと、春菜は自分に言い聞かす。仙龍は心配してくれただけなのだ。それなのに、どうしてもっと大人の対応ができないのだろう。

「はあ……」

とため息を吐いてから、珠青の爪の垢を煎じて飲みたいと真剣に思った。コンパクトをしまって車を降りると、小路を行く人の影もない。甚大な被害を及ぼした台風の影響で、市内は未だ平常に戻れてはいないのだ。長野県の被害総額は二千億円以上に迫る勢いで、長野市の被災家屋は五千戸を超え、高速道路も一部が寸断されてしまった。連日連夜の報道に観光客の足が遠のくのも宜なるかなだ。

「行くぞ」

と、駐車場の隅で仙龍が言う。春菜は慌ててみんなを追った。

日中の東按寺は落ち着いた佇まいである。薬医門は大きく開かれ、本堂に向かって石畳が延びている。境内の外れにあるのが持仏堂だが、春菜たちをその前に待たせて、教授が庫裡まで住職を呼びに走った。寺を訪れる者はなく、屋根瓦の上で数羽(わ)の鳩(はと)がじっと春菜たちを見下ろしている。作業着姿の雷助和尚はタオルで顔を隠したままだが、仙龍は持仏堂の前に行き、腰を屈めて床下を見ている。コーイチもそれに倣(なら)って、地面に這いつくばって暗がりを覗き込む。

「あー……やっぱ、石みたいなのがありますね」

コーイチが言う。仙龍は錣造りの屋根を見上げた。建物自体は木造で、蔀戸(しとみど)の奥にもう一枚襖があって、閉まっているため内部は見えない。

「どう?」

春菜が訊くと、仙龍は、

「さあな」

と答えた。特に怪しい感じはないが、あんな目に遭ったあとでは、少しも油断がならないと思えてしまう。昨夜女が括られていた門の板扉に血の跡はなく、狼の毛すら落ちてはいない。しばらくすると庫裡の戸が開き、白い単衣(ひとえ)姿の住職が小林教授と共にやってきた。

「どうも、お待たせしましたねえ」

教授はバインダーを離すことなく、カメラも忘れず下げている。

「こちらがご住職ですよ」

と、教授は言った。住職は四十がらみとまだ若く、丸い体に丸眼鏡、頭の形が四角くて、恰幅がよく、愛嬌のある顔をしていた。

「面倒をお願いして申し訳ありませんね」

と頭を下げる。木賀建設と鐘鋳建設の間で話はまとまっているようで、住職に仙龍たちをいぶかしむ様子はない。

「ご住職には庫裡で歓恵寺さんの図面を見てもらったのですが、筆塚についてはご存じないそうで」

「先代にも確認してみましたが、筆塚については知りませんでした。もっともここは南北朝の初期に開山（かいさん）し、寛永の頃に浄土宗として再興したので、住職もいろいろ替わっていまして……私どもは祖父の代からで三代目になりますが、善光寺地震の前後のことは、私どもより商家さんのほうが詳しく知っているほどです」

「持仏堂の中を拝見しても？」

仙龍が訊くと、住職は懐（ふところ）から鍵を出して言った。

「もちろんです。土日祝日などはこちらも開放していたのですけど、嘆かわしいことに昨今は不心得者が増えまして、数年前から、参拝希望者は庫裡へ申し出てもらうことにしています」

持仏堂の正面に回ると、三段ばかりの階段を上がって、扉の錠に鍵を挿す。もとより大きな建物ではない。蔀戸を左右に大きく開けると、畳敷きの式台の正面に、白い襖が閉められていた。住職は上がり框に立ってから、座して左右に襖を開く。室内もやはり畳敷きで、奥に身の丈三メートル弱の黄金の如来が鎮座していた。

「どうぞ。お上がりください」

と住職が言う。小林教授が先に行き、仙龍が続く。

コーイチと和尚が上がり口に立ったので、春菜も倣ってその場に控えた。そこからでも室内は見渡せる。持仏堂は正面に黄金の阿弥陀如来を祀っているが、その両脇には厨子に入った観音像が、さらに両側の壁に段を作って、天井までびっしりと持仏や位牌が置かれていた。如来像の正面に座して仙龍が訊く。

「このお堂は善光寺地震の後に建立されたと聞きましたが。阿弥陀如来像を迎えるために建てたのでしょうか？」

住職は立ったままで答えた。

「如来様は岡山から招来されたと聞いております。銘を見ますと願主は美作国の唱導和尚で、仏師は村上希衛門です。もともとそちらのお寺にあったものを、はるばるお迎えしたようですが、それ以上のことは、私どもに伝わっておりませんねえ」

「ふむぅ」

と、和尚が低く唸った。

「駐車場で事故が多かったので曳家したそうですね」

「そうなのです。お堂はもともと敷地をはみ出すように建っていまして、建物を護るための防護柵に車をぶつける事故が後を絶たず、苦肉の策で曳家してもらったんですが、どうも何かに障ったようで」

「動かしたのはわずかでしたね」

「一メートルほどセットバックさせてもらったのですが、そうすると入り口前が狭くなってしまうので、わずか東に回しました」

「わかりました」

仙龍は立ち上がり、仏像に一礼して部屋を出た。

「もういいんすか？」

コーイチが小さな声で訊く。

「その後、持仏堂自体に何か変わったことはありませんか」

再度住職に訊ねると、

「お堂自体にはありませんねえ」

と、住職は答えた。

「ときに、床下へ潜らせていただいてもかまいませんか」

「下へですか？　いいですけれど、どうすれば？」

「こちらでやります。畳を一枚剥いでみてもいいですか」

「ええ、もちろん。それで何かわかるなら」

住職は許可した。

「コーイチ」

仙龍に呼ばれると、コーイチはすぐさま畳に取り付き、角を踏みつけて畳を浮かせた。隙間に指を差し込んで、仙龍が軽々と畳を返す。

コーイチはスキルのない和尚に畳を持たせ、下に敷かれた板を外し始めた。気がついて春菜が沓脱ぎにあった履き物を仙龍に渡すと、彼は板に腰掛けて靴を履き、あっという間に床下へ消えた。中でスマホのライトが光る。

「どうっすか？」

コーイチが上から訊いた。住職は畳の間で、教授はその隣で、和尚は畳を持ったまま、春菜とコーイチは敷板（しきいた）の隙間を窺うように、縁の下で仙龍が照らす明かりを見ていた。

やがて明かりは視界から消え、しばらくすると仙龍が戻ってきた。

「一メートルほどセットバック。そして東へ回転ですね？」

板の隙間から頭を出して住職に訊く。

「ええ。そうです」

仙龍は、タオルで隠れた和尚の顔を見上げて言った。

「もともと筆塚の式台は、阿弥陀如来の真下にあった。曳家でそれがずれたんだ」

其の七

人喰(ひとく)い熅颯(うんそう)

東按寺の庫裡は二階建てで、木造の質素な造りであった。敷地ぎりぎりに建っているので、窓から望めるのは本堂の側面で、廊下を隔てた反対側は高い板塀と、ツワブキなどの植物がわずかに見えるだけだった。

客間に置かれた長机に座り、住職の奥さんが出してくれたお茶を飲む。春菜の隣には小林教授とコーイチが、コーイチの隣に雷助和尚が、仙龍はテーブルの端に、住職と向かい合うように座っていた。

今、住職は小林教授のバインダーにある二枚の絵を見比べている。鬼哭と呼ばれた殺人事件で狼に喰われた女の絵と、それに等しい構図で描かれた錦絵だ。

「いや、驚きました。これと当院の持仏堂と、なにか関係があるというのでしょうか」

「関係があるかどうかはわかりません。ただ、床下にもぐって調べたところ、筆塚と持仏堂には因縁があると思われます。不思議なことが起きるようになったのは持仏堂を曳家した後で、原因として考えられるのは、筆塚の式台と阿弥陀如来の位置がずれたことです」

春菜も住職を見て言った。

「小林教授が調べたところ、筆塚は善光寺地震で倒壊した可能性があるようです。筆塚の石碑に何が刻まれていたか、今となってはわかりませんけど、こういう推測はできないでしょうか。石碑には慰霊や封印のための呪が施されていた。けれど地震で筆塚が倒れて、今と同じような怪異が起こり、それを鎮めるために如来様が招来された。すべては筆塚を鎮めるためだったというのは」

「ああ、それなら道理が通じますねえ。お堂の建立より造仏が早かった理由もわかります。阿弥陀如来は四十八願の仏様で、まさしく死者を救って浄土へ誘うわけですからして」

「でも、筆塚なんすよね？　草紙塚じゃなくて」

コーイチが首を傾げている。

「いや……まさに……小林先生」

住職が眼鏡を外し、額の汗を拭ってから、教授のほうへ体を向けた。

「実は……ですね。この錦絵ですけれど、拙僧に心当たりがあるのです」

「それはどういうことですかねえ？」

教授は訊いた。住職は自分のお茶を一息に飲んで、立ち上がった。

「ちょっと待っていてください」

背中を丸め、そそくさと廊下へ出ていく。

「トイレっすかね？」

小さな声でコーイチが訊いた。

十分ほども待っただろうか。住職は風呂敷に包まれたお盆ほどのものを持って帰ってきた。それを教授の前に置き、畳の上で風呂敷を解く。

「来歴も定かでないので、うちのようなお寺に、なぜこのようなものがあるのかと不思議だったのですが……正直に言いますと、先代の某かが趣味で集めたものだろうと思っていまして……内容が内容だけに、人目に触れない場所に隠していました」

風呂敷の中から現れたのは、土色に変色した手漉き和紙の冊子であった。表紙はなく、表に文字すら書かれていない。虫食いの跡やシミがあり、決してよい状態とは言えないが、住職が紙をめくると、艶やかな錦絵が現れた。春菜たちは息を呑む。

「ああ……これは……」

感嘆の声を上げたのは教授であった。膝で畳をこすって進み、屈んで冊子を覗き込む。

絢爛豪華な色の渦。而してそこに描かれているのは、杭に串刺しされた女の惨たらしい姿であった。色味を抑えて緻密に描かれたススキの原と、真っ白な肢体、ハッとするような血の色が、見る者を毒々しく侵してくる。

美しい。

商用として整えられた錦絵を見て、春菜は残虐絵を蒐集する者の気持ちが少しだけわかるような気がした。杭を吐き出す女の口元に流れる数条の血。どこか恍惚としたその表情。乱れる黒髪に真っ白な乳房。その画は深いエロスを湛え、人間の本質の、どこか深いところを抉ってくる。ただ美しいものとは違う。残虐絵には、見る者の本能に対する偽りのない問いかけが潜んでいるのだ。

住職はほかの頁を開く。

むくつけき大男が胸をはだけて、足を踏ん張って竹の鋸を挽き、女の首を切っている絵があった。乱れ髪の女はおびただしく血を噴きながら、どこか恍惚とした表情をしている。後ろの藪から狐が顔を出していて、凶事を終えた後の屍肉を狙っているのがわかる。

春菜は心臓がドキドキしてきた。グロさとエロスは双翼なのか。いっそ囚われてしまったら、その奥の恍惚に引き込まれていくものだろうか。この感覚はなんだろう。わかるような気もするし、わかりたくないようにも思う。頁をめくればめくるほど、世にも残酷なシーンが次々に現れる。狼に喰われる女の絵も確かにあった。鬼哭と呼ばれた殺人を、本物の殺人を、一冊にまとめた惨たらしさ。それを極彩色の版画にし、密かな楽しみとして流通させた者たちのこと。殺人、写生、装飾、印刷、流通、そして愛好者……春菜は思った。それこそまさに百鬼夜行じゃないかと。

数頁を披露した後で、住職は冊子を閉じてしまった。

「見るだけで地獄にいるような気がします」

「ご住職、悪いがもう一度だけ、絵を見せてはいただけませんかな」

雷助和尚が口を開いた。

「いや、どの絵でもよいのだが、改印を確認したいゆえ」

「あらためいんってなんのこと？」

「錦絵を流通させるとき、版元が入れる出版許可印みたいなもんっすよ。発行した年月日とかもわかるんす」

コーイチが教えてくれた。教授も和尚に同意する。

「それがわかれば面白い、いえ、助かりますねえ」

再び住職が開いた頁には、水責めにされる女がいた。血の色がないのでほかより見やすい。けれど改印はなく、絵の片隅に文字が書かれていた。

——人喰い熖颯——

「人喰い……え？」

難しい漢字で春菜には読めない。それでコーイチを振り返る。

「うんそうっすかね？　この号は？」

コーイチは小林教授の顔を見た。

「人喰い熖颯ですか……いえいえ、私は存じませんねえ」

「お恥ずかしい。これと今回の怪事とは、やはり関係があるのでしょうか。恥じて見ないようにしてきましたので、きちんと中身を確認したことはなかったのですが、怖い目に遭った人たちの証言と、気味が悪いほど似ていませんか？」

住職は顔を上げ、誰に訊ねたらよいのかと、仙龍や教授を順繰りに見た。

「小林教授。これこそが怨毒草紙なんじゃないですか？　猿若町から伝わったという」

仙龍が言う。

「なら、筆塚に埋まっているのは何よ？」

「やっぱ筆なんすかね」

「それでは説明がつかぬわい」

和尚が唸る。

「ああ、困った。やはり持仏堂を曳家したのが悪かったのだと思います。今にして思えば、如来様の蓮華座(れんげざ)の下に奇妙なものが……」

怖々と住職が言う。仙龍が訊ねた。

「なんです？　奇妙なものというのは」

「ええ、はい。曳家に当たって木賀建設さんが建物の内部を確かめたのです。破損しやすいご位牌などは一度回収してお清めをしたり……けれど如来様は大きいもので、丁寧に養生して一緒に曳くことになりまして、そのとき蓮華座の下にパッキンを入れたのですが、持ち上げましたら床に印が」

「どんな印です」

「丸に十文字の墨書きでした。あなたのお話を聞いていますと、もしや、あれが、この位置から如来様を動かすことなかれという意味だったのかと……」

「ふうむ」

と、和尚が低く唸った。

「いずれ筆塚の謎は深まるばかりではないか。これが怨毒草紙であるならば、怪異はなぜに起こるのか。よもや筆塚に入っているのが……被害者らの遺骨ではあるまいよ」

「いや、まさか」

とコーイチが言う。

「ご遺骨ならお寺さんが怖がるわけないっすよ。お寺はお墓があるんっすから」

どうすればいいのでしょうという顔で、住職は仙龍を見ている。

「どうだ。何か感じるか？」

仙龍に訊かれて、春菜は草紙本を眺めたが、それはただの錦絵で、おぞましくはあるが恐怖はない。見入れば侵される気はするけれど、鳥肌も立たなければ苦しくもない。

「何も感じない。ただの版画よ」

仙龍は小林教授に視線を移した。

「人喰い熖颯が何者か、調べることはできませんか？」

「できますよ。心当たりがありますのでねえ。今それを、申し上げようと思っていたところです」

教授はニコニコしながら携帯電話を取り出した。

「狼に襲われる女人の錦絵を、私に見せてくれた仲間がいます。もともとは東洲斎写楽の研究者だったのですが、錦絵を蒐集するなかで狼の絵を発掘したそうで、つい最近も、私から鬼哭についてお知らせしたところでした。それはそれは興奮していましてねえ。いえ、私は何も、恩を売ろうというつもりはないのですが、研究者同士ですからねえ、霧が晴れるように謎が解けるのは嬉しいもので……ああ、もしもし？　私、信濃歴史民俗資料館の小林ですが……」

教授は件の研究者と話をし、途中で住職の顔を見た。

「長野へ飛んでくるそうですよ。ぜひ、この草紙本を拝見したいと言ってます。貴重な資料ですからねえ。可能であれば写真を撮らせてほしいそうで」

「ええ。それはかまいませんが」

と住職が言う。小林教授はまた話し、

「明日のご都合は如何でしょう」

と、また訊いた。

錦絵を研究している先生は東京の深川在住だというが、明日九時には新幹線で長野駅に到着するということで話がついた。

この件に関われば何かが売り上げにつながるという見込みもないのに、翌朝九時に春菜は長野駅中央改札口前で、小林教授と一緒に客人の到来を待っていた。

仙龍たちは被災地の泥かきに行っていて、まさに今、生きていかねばならない人たちの生活を応援している。東按寺周辺の怪異は夜な夜な続いているものの、仙龍や棟梁に言わせれば、何より優先すべきは日常を取り戻すことであり、春菜も大いに同感だったので、小林教授の送り迎えと、その後の顚末を報告する役目を引き受けたのだった。

「申し訳ありませんねえ」

ニコニコしながら教授が言う。こんなときでもグレーの作業着、腰に手ぬぐいをぶら下げたいつもどおりのファッションながら、今日の手ぬぐいは客人に配慮してか歌川国芳(うたがわくによし)の『がしゃどくろ』を染め抜いたものだった。

「アーキテクツさんにも何かお金を落とせればいいんですけどねえ。十日夜のお膳程度では足が出てしまいますし、そちらはもう展示を終えてしまいました」

「いいんです。と、素直に言えないところが悲しいですけど、どこかで別に仕事をとって、そっちでなんとか埋め合わせます。なんていうか……ここのところあまり成績が芳しくなくて。でもそれは長坂所長のところの企画展を赤字覚悟で請け負ったせいで、上司も承知しているんですけど……そのはずなのに営業会議で突っ込まれるので、まったく納得いかないですけど」

思わず愚痴をこぼしてしまう。

「錦絵の先生って、どんな人なんですか？」

春菜は意識的に話題を変えた。

「どんな人といいますか……頭が鳥の巣みたいにクシャクシャで、目が細くて四角い顔で、眼鏡を掛けていて、愛嬌のある……」

「あの方ですか？」

新幹線が到着したようで、乗客が一斉に改札口を出てくる。その中に、ラクダ色をした千鳥格子のジャケットを着て、大きな黒いリュックを背負い、キョロキョロしながら歩いてくる初老の男性の姿があった。

「先生、清水侑先生」

小林教授が手を振ると、相手はニコリと微笑んだ。

なるほど確かに目は細い。ロックバンドの名前が入った野球帽を被っているが、脇からモジャモジャと白髪がはみ出し、肉付きがよく、やや猫背で、秋葉原あたりにいそうな感じがする。

「ややあ、お電話ありがとうございます。早速飛んできちゃいましたよ」

挨拶もそこそこに歩き出すのを、教授が止めた。

「先生、こちらは高沢春菜さん。地元の広告代理店で文化施設事業部のお仕事をされてましてね」

「株式会社アーキテクツの高沢です」

名刺を出すと清水は一瞬動きを止めて、ジャケットの胸元あたりをまさぐった。

「これはどうも、気がつきませんで……ええっと、名刺があったかな……」

胸ポケット、両脇のポケット、内ポケットと、アタフタしながら名刺を探し、ようやく財布の中から一枚見つけて交換してくれた。

『金沢大学人間社会研究域歴史言語文化学系人文学類・客員教授清水侑』と書かれている。

そして春菜がまだ名刺の内容を確認しているうちに、

「行きますか。早く行きましょう、どっちです?」

と教授に訊いた。

「春菜ちゃんが車で送ってくれますので、こちらへどうぞ」

「地下駐車場に停めていますので、こちらへどうぞ」

せっかちな清水を見ていると、自分の興味のためなら何をも辞さない小林教授と似ているなと思う。清水先生は幾つぐらいか。六十前後に見えるのだが、子供みたいなはしゃぎようだ。

「そういえば、小林先生のところは台風の被害はどうでしたか？　大変なことになっているとニュースで見ましたが、駅は普通なんですねぇ」

「新幹線の車両基地も水に浸かって、まだダイヤも乱れているので……無事に来られてよかったですね」

　春菜が言うと、

「いや、まあ東京はね。少し間引き運転しているようですが、わりとスムーズにチケットはとれましたよ」

「浸水被害については、各地に伝承や、あとは往時の水位を示す柱や石碑が残ってましてね、先人の伝える知恵がこういうときに注目されて、それも興味深いのですがね。古くから集落に住む人はそうしたものの存在を知っていますが、新興住宅地などでは伝承も遺構も機能しなかったようでして、そこはこれからの課題ですねぇ」

　コンコースを出て地下へ行き、二人を乗せて東按寺へ向かう。

　車中で清水はこう言った。

「小林先生に鬼哭の話を聞いたので、早速ね、江戸期の瓦版を研究している先生のところへ行って話を聞いてきましたよ。岸井先生というのですが、江戸の瓦版……今でいう三面記事ですか、そこに注目して、当時の庶民の暮らしを解明しようという研究を親子二代でしておられまして」

「ほうほう、興味深いですねえ。それで？　何かわかりましたか」

パーキング出口の急坂を上り、ロータリーを抜けて市街地へ出る。

春菜の後ろでは研究者同士の話が続いていた。

「それが、嬉しいじゃあないですか。鬼哭のことをご存じでしたよ。江戸は平和で、変死事件ひとつ起きても大騒ぎするような町だったそうで、だから残忍な殺され方をした者がいれば、上を下への大騒ぎになっていたはずが、逆にその残虐性ゆえに秘匿され、鬼哭のことを知る者は少ないのだそうで、検案書が海外へ渡っていたのも、そういう背景があってのことではないかと言ってましたけど、まさか残虐絵に本物の事件が絡んでいたとは……本当なら岸井先生も一緒に来たいと言ってたんですが、今日は外せない用事があるとかで、残念がっていましたよ」

「そうなのですか。では、ご住職に話して、また改めてお越しになっては如何です？」

「そうしてもらえると嬉しいなあ。いや、小林先生の信濃歴史民俗資料館にも、ぜひ伺いたいと思ってましてね」

それを聞くと、我が意を得たりと教授は言った。

「ああ、それはいい。どうです春菜ちゃん？　清水先生と岸井先生を信濃歴史民俗資料館へお招きして、江戸風俗と残虐絵に関する特別展をやるというのは。企画と展示をアーキテクツさんで受けませんかね」

思いがけない提案に、春菜はバックミラーから教授を見上げた。

「ぜひ！　誠心誠意プランを立てます」

「春菜ちゃんはその道のプロですからねえ。ええ、もちろん実現させましょう。今回の発見についてもお話しできる成果があればよいですねえ。残虐絵に興味を持つ方は多いでしょうから、かなりの来館者数が見込めます。どこの博物館も集客には頭を痛めていますし」

「いい。それはいい。研究者冥利（みょうり）です」

わははははは、と清水は笑い、真顔に戻ってこう言った。

「さて、人喰い熖颯ですけど、ぼくが所蔵する『女人狼残虐絵図』のほかにも、おびただしい残虐絵を残しているのはわかってましたが、如何せんブツが出てこない。蒐集家はいるはずなのに、内容が内容だけに、隠されたり、焼かれたり、お寺に預けられたり……。ぼくが持っているのもお寺から出た一枚だけで、それが大量に、もしかしたら全部揃っているというのは大発見なわけですよ」

「人喰い熖颯とは何者なんですか？」

運転席から春菜が訊く。

清水はリュックを膝に抱えると、中から大学ノートを取り出した。

「絵師になってからの記録はほぼ残ってないんですがね、男だったのは間違いない。活躍したのは江戸中期で、絵師として活躍した期間は短く、一年程度で忽然と姿を消しました。そのへん写楽と似ていませんか？　まあ、いいんですけど……ある意味謎の人物ですが、彼の活動期に江戸周辺で残忍な殺人事件が頻発していたことが今回わかって……いやあ、興奮しましたねぇ」

清水は大学ノートをめくり、目を輝かせてこう言った。

「なぜならば、熖颯と鬼哭が同一線上に浮かぶには、然るべき理由があるからで、人喰い熖颯の正体は、死体検案書の検死図を描く役人だったという説があるんです」

「処刑の様子などを克明に記す役ですね。御様御用といって、刀剣の切れ味を検証する役人がいましたし、それを記録に残す役目の者もいましたから、絵師としての役人は、胴斬りの様子やその切り口を克明に写して残したものです。今でもさらし首や首級の状態などを推測できるのは、彼らが書き残してくれた功績ですしね。熖颯なる人物が、役目として変死体の記録を残したというのも頷けます」

と、教授が言った。

「特殊な役目をしていたために、残虐絵のモデルには事欠かなかったということでしょう」

「昨日、東按寺さんで草紙本を拝見しましたら、鬼哭にあった絵とほぼ同じシーンが揃っているようでした。ただ、錦絵にするために、より残虐に見えるような演出が加えられていたようですが」

「手首を切ったように描いたり、ですね。小林先生が鬼哭の写真を見せてくれたので、演出が加えられているとわかりました……なんだか厭な会話だけどね」

　鳥の巣頭でとぼけた印象のあるこの先生が、どんな気持ちであの絵を見ていたのかと思うと、春菜は薄ら寒さを感じた。いくら研究のためとはいえ、あんなものを見続けていたら、心がどうにかなっていくのではあるまいか。残虐絵が焼かれたり、隠されたりしたのも当然だろう。そうした作品はどこかにひっそり存在し、持ち主も、見る者も、良心の呵責(かしゃく)に耐えながらチラ見する程度であってほしい。

「まあ、それでもうひとつ謎が解けたと思っていますよ。錦絵はふつう、相応に原画が残っていたりするけども、人喰い熅颯の場合は原画が一枚も見つかってない。ぼくの『女人狼残虐絵図』の持ち主は、道玄坂(どうげんざか)あたりの物見の松で狼に喰われた女の死体が見つかったという噂を聞いて、恐れて寺へ持ち込んだそうで、まさか錦絵と同じ殺人事件が起きていたなんて思いもしなかったんでしょう。犯人と疑われては困ると思ったか知りませんがね。もともと人喰い熅颯の絵は、決して公にしないと確約のうえ、高額で取引されていたんだと思う。金持ちってのは没落しなきゃお宝を売らないし、ぽっくり死んでしまえば、蔵の片隅で埃をかぶったままになるんだろうし。熅颯の錦絵は特に、版元も不明、摺師も不明、版木すら見つかっていないんですから」

「筆塚にあるのが版木ってことはないですか？」

春菜は思いついてそう訊いた。

「ああー……版木ですか……どうですかねえ。地面を掘ってみないことにはなんとも言えませんが、いずれにしても、ことが収まらないことには剣呑ですねえ」

東按寺の駐車場で二人を降ろすと、春菜は井之上に電話をかけて、新たな仕事の芽を見つけたと報告した。昨日はコソコソ時間を捻出してここへ来たが、小林教授が特別展という大きな助け船を出してくれたので、堂々と時間を使えるようになったのだ。

「江戸期の猟奇的殺人事件と血みどろ絵の関連企画か、そりゃすごい」

と、井之上は興奮して言った。

「瓦版も含めて、です」

「ま、瓦版はどうでもいいが、血みどろ絵は当たるぞ。必ずモノにしろ」

「わかりました」

電話を切ると、春菜は大急ぎで二人を追った。

昨日と同じ庫裡の客間に、今日はテーブルが出されていない。畳に三枚の座布団が敷かれて、その一枚に春菜だけが座っていた。住職は昨日の草紙本を開いていて、清水が写真に収めている。錦絵が刷られた手漉きの和紙は薄く繊細で、教授は住職を手伝って、残虐絵が上手く写真に収まるように押さえている。絵は二十枚以上あり、そのどれもが目を覆うほどの残虐行為を克明に描いたものだった。

「すごい……いやあ……すごい」

興奮のあまり、清水は汗だくになっている。貴重な絵に汗が落ちないよう、シャッターを押すたび汗を拭く。改めてよく見ると、絵には『女人狼残虐絵図』のようにタイトルがあるものも、ただ熖颯の署名があるだけのものもあり、体裁は整えられていないようだった。

「これが猿若町から出たというのは、わかりますねぇ」

カメラを構えて清水が言う。

「俗や奇態が珍重される界隈です。あのあたりの通人は大金を持っていましたし、こういう趣味もあったでしょうから。怨毒草紙。まさにそう呼ぶのに相応しい」

またシャッターを切って言う。

「北斎が描いた地獄絵図などは、凄惨極まる残虐行為に描かれた亡者が苦しんで、絵から夜な夜な叫び声や泣き声がして、持ち主が気を病んだり死んだりしたといいますよ。たぶんこれもそういう意味で持ち主を恐れさせていたんでしょうな。いや、ホントにすごい。

見ていると、なんか、こう……首のあたりがムズムズしますな」

「本当ですねえ。押さえているだけでも恐怖を感じます。普通の残虐絵にはない何かを感じるといいますか……今日は少し寒くないですか？」

小林教授がそう言ったとき、春菜は全身が総毛立つ感覚に襲われた。

天井のあたりから、幕が下りるように暗さが落ちる。座布団に足が張り付いて、体が倍くらい重くなる。

キイ……ヒイィ……

どこかであの声がしたように思った。

ここは真っ昼間の庫裡である。晴天で、障子を開け放った座敷は明るく、住職も、二人の研究者もそばにいる。それでも春菜は、座布団のあたりに異様な冷気が漂うのを感じた。これは怪異が、それを受け取れる人間が近くにいると知った合図だ。春菜は凄まじいストレスを感じた。

はらり。と住職が草紙をめくる。刹那、畳から指が生え、春菜の両足首をがっちりつかんだ。あまりのことに声さえ出せず、春菜は心で仙龍を呼んだ。寡黙で、ぶっきらぼうで、それでいて優しい仙龍の眼差しを楔（くさび）と信じて息を呑む。足首をつかんだ指がモゾリと動き、まるで氷に触れられたようだ。

「ひくっ」

と春菜は喉を鳴らした。胃の裏からせり上がってくるものがある。吐き気にも似たそれは、春菜の内面を削り取る。いっそ目を閉じ、心を開いた。頭の中で仙龍が、勝手に危ない目に遭うのはやめろと怒っている。それでもこれは自分の役目だ。怪異を起こすのが何なのか、それを知りたいと一心に願う。すると……。

今まさに、目の前で発狂していく少女が見えた。十代だろうか、まだ若い。少女は全裸で、地面に半分埋もれた棺桶に落とされていた。両腕を背中で縛られて、足は片方ずつ桶の縁に結わえられ、絡み合って蠢く蛇に全身が覆われている。首からも、耳からも、腕の隙間や口中でさえも、チロチロと赤い舌を出して蛇が蠢いている。

耐えきれず春菜は目を開けた。

それでも映像は去ってくれない。少女の口に蛇がいる。少女が蛇を吐いているのではなくて、蛇が少女の体に侵入しているのであった。棺桶の周囲に日陰はなくて、太陽がギラギラと照りつけている。少女の体が埋もれるほどの蛇たちは、身を隠す場所を探して彼女の中に入ろうとしている。細い蛇が鼻に入った。鼻も気道も塞がれて、少女は悲鳴を上げることもできない。少女の目には涙が溜まり、喉が不自然に盛り上がって、唇の端から血を噴いている。春菜は、自分が責められているかのように苦しくなった。この子はもう助からない。ならば一秒でも早くこの苦しみから逃れさせてあげたい。助からない。死ぬしかない。そのためにできるのは、この凄惨な状況を見守ることだけだ。

誰が、なぜ、こんな所業を……ううう……ひくっ……はうぅうぅ……少女ではなく別のところで、誰かがすすり泣いている。

ギラギラと日が照りつける草原は、丘の麓に畑があって、まばらな屋根が見えているが、すすり泣く声はもっと近くから聞こえてくる。彼女のほかにも責め苦に遭わされている者がいるのか。春菜は心の目を背後に向けて、息が止まりそうなほど驚いた。

そこには雲霞のごとき黒い瘴気が、うぉんうぉんと唸りながらうずくまっていた。狼に喰われる女を見たとき、近くにいたのと同じ瘴気だ。雷助和尚が鬼と呼んだもの。

春菜は全身に鳥肌が立ち、髪の毛すらも逆立った気がした。逃げなければと身を翻した次の瞬間、春菜は盛大に嘔吐き出し、座布団に突っ伏して咳き込んでいた。

「うう……ゲホッ、エホ、エホ、ウエッ！」

自分の喉をコントロールできない。体を折り曲げて苦しんでいると、

「どうしたのです。大丈夫ですか、春菜ちゃん、春菜ちゃん？」

駆け寄ってくれたのは小林教授だった。

両足は痺れ、返事をする間もないほど咳が出る。春菜はハンカチで口を覆って涙を拭いた。なぜなのか、涙は次から次へと、止めどもなく流れてくる。あの真っ黒いものの絶望

と悲しみが、春菜の体からあふれ出す。住職が駆け寄ってきて背中を叩いた。それで少し落ち着いて、言葉が出せるようになった。

「すみません……ゲホッ……なんか、突然……」

湯飲み茶碗に水をもらって喉を潤す。それでも悲しみは止まることなく、春菜はガタガタと震え始めた。全身を襲う自己嫌悪。自分が鬼になる恐怖。春菜は自らの胸に手を当てて、心臓をつかみ出す幻影を見た。それをしているのはあの鬼だ。鬼は蛇に陵辱される少女を見ながら、自らの行為に怯えていたのだ。

「う……エエッ……ゲホッ……な……」

——なんだ……何に成り下がるのだ……。

春菜の喉から自分ではない者の声が出る。

恥ずかしいほど震えながら、胸をかきむしって春菜は言う。

——……おぞましや……俺は……何に変化するのだーっ！

それは怒りを含んだ野太い男の声だった。

その者の姿が春菜には見える。

歳の頃は三十前後。髪は乱れた蓬髪で、頬はこけ、痩せ衰えて眼ばかりがギラギラと光っていて、無精ひげが喉元まで伸び、着ているものは役人のそれで、刀を差し……筋張ってはいるが力強い腕……手元にあるのは写生帖で……ああ、細軸の面相筆！

男は筆の先を舐め、足下にのたうつ蛇の血で絵を描いている。何匹もの蛇が輪切りにされて、男の近くでのたうっている。そうか、そうだったのだ。手元にあるのが本物の……。

自分の意思とは関係なく、春菜はもんどり打って畳に倒れた。後頭部を畳に打ちつけ、その反動でこちらへ返った。畳に仰向けになりながら、天井を見上げて春菜は思った。よかった……今日はスカートじゃなくて。

「大丈夫ですか」

と、住職が訊く。春菜は自力で起き上がり、髪を掻き上げて乱れを直した。近くでカメラを持ったまま、清水もこちらを窺っている。

「ごめんなさい……もう大丈夫です」

「何かあったのですね」

と教授が訊く。

「おぞましい光景を見ました。棺桶に入れられた少女が蛇に襲われているんです」

「その画なら、今さっき撮影したところです」

「それだけじゃないんです。その様子を写生している男がいました。絵の具ではなく蛇の血で、絵を描いていたみたいです。三十前後の、身なりは武士のようでしたけど、彼には真っ黒な瘴気が取り憑いていたんです。私、彼の気持ちにリンクして……」

「春菜ちゃんはサニワを持っているのです」

教授が住職に説明する。

「今のように妙な声で喋ったのは初めてですがね、時折、過去に起こったことを見るようでして」

「東按寺さんの門のところで、狼に襲われる女性の幻も見たんです。そのときも女性の近くに何かいて、ただの黒い影にしか見えなかったんですが、今はハッキリ……鬼じゃなくって人間でした。人間の男の人でした」

「人喰い熘颯。それがおそらく人喰い熘颯なのでしょうか。ねえ？」

春菜は教授に頷いた。

「面相筆を持っていました。写生帖に、死んでいく少女のスケッチを」

「この絵かな？」

清水が寄ってきてデジカメを見せる。蛇風呂とも呼べる丸い棺桶に全裸で入れられ、悶絶する少女の絵であった。たった今春菜が見た光景が、艶やかな筆致で描かれている。極彩色で刷られた錦絵は、絵だからこそのエロスが漂う。けれど本物のシーンには、身震いするような凄惨さしかなかった。

「草紙本の撮影もあと一枚を残すのみで、それが某かの作用を引き起こしたのでしょうかねえ」

教授が目をやった先には閉じられた草紙本がある。

「お騒がせしてすみません。どうか撮影を進めてください。私はもう大丈夫ですから」

心臓はまだバクバクしていたが、幻は去った。

春菜は座布団に座り直すと、作業を続けるよう清水に言った。

「貴重な絵だし、あまり光にも当てたくないから、では、遠慮なく」

三人揃ってもとの位置へ行き、住職が草紙本の正面に、その脇に教授が座った。清水は背後でカメラを構える。

「では」

和尚が言ったとき、春菜もその絵を覗き込んでみた。怨毒草紙の最後の頁だ。

「あっ」

不本意ながら声を上げ、春菜は立ち上がっていた。最後の頁に描かれていたのは、刀で自らの腹を裂き、流れ出る血で残虐絵を描く瘦せた絵師の姿であった。乱れた蓬髪、落ちくぼんではいるがギラギラした眼、恍惚とも悶絶とも取れる表情で歯を食いしばり、絵師は自らの断末魔を帖面に描く。腹圧で飛び出た腸が地面に流れ、血は下半身を真っ赤に染めて、野の草花に散っている。頭上には巨大な満月。男の背後に黒い影。春菜は恐怖ですくみ上がった。あの男だ。たった今幻に見て、自分は何に成り下がるのだと泣いていた男、人喰い熖颯その人だ。ではこの影は？　うぉんうぉんと唸りながら瘴気を吐き出すこの影は、これこそを鬼と呼ぶのではなかろうか。

他人の不幸、恐怖、苦しみ、痛み、嫉妬に妄執、それらを無上の悦びとする歪んだ心が凝り固まって、発する瘴気が鬼になる。人に取り憑き、惑わせて、そのものを取り込みながら膨らんでゆく。雷助和尚はそう言った。

「人喰い熖颯は切腹をして、その画を残して死んだというの？」

春菜が訊く。

「いやはや何とも凄まじい本でした。最後の一枚が本当ならば、人喰い熖颯は、描くという執念に喰い殺されたようなものですねえ」

凄まじくも壮絶な絵師の最期（さいご）を清水がカメラに収めていく。幾度か切られるシャッター音を聞きながら熖颯の最期を見ているうちに、春菜は奇妙なことに気がついた。

死にゆく熖颯を見守る影と、熖颯自身の足下に、おびただしい血が流れている。気のせいだろうか、その血痕（けっこん）が、三本指の龍の爪を象っているような気がする。目を凝らせば血液の泡（あわ）や地面の凹凸ばかりが目立つけれども、視線を少しぼやかせば、やはり隠温羅流の因に似ている。口にするのも不吉な気がして、春菜は言葉に出せなかった。

「あの……清水先生。今日の撮影データですけど、弊社にもコピーをいただくわけにはまいりませんか」

清水に訊くと気安い声で、

「もちろんです。小林先生に送りますので、先生からもらってください」

と言う。東按寺の住職も欲しいと言った。

「では、私から春菜ちゃんに渡しますので、東按寺さんへは春菜ちゃんのほうから届けて頂けますかねえ」

データ量が膨大になるので、ネットで飛ばすわけにもいかない。春菜は快く了承した。

「ところでこの草紙本ですが、当院でこのまま保管していてもいいものでしょうか」

「今までも保管されていたのに何事もなかったわけですからして、これ自体が怪異の元凶とは言えないと思いますねえ。いずれ人喰い熅颯の博物館でもできましたら、寄贈するのもよろしいでしょうが、今のところは変わらず大切に保管していただけましたらありがたいですが」

「ぼくが頂戴して大学へ持っていってもいいんですけど、大学の資料館って、誰も知らないお宝の宝庫なんですよねえ。逆にいうと、あまり日の目を見ることもないので、このお寺にあることさえ知っていればぼくは鼻高々ですけども……いずれ論文を出すときは、ご住職に許可をもらいに来るかもしれません。そのときはどうぞよろしくお願いします」

撮影が終わるとお茶をもらって、春菜たちは東按寺の庫裡を後にした。

駐車場を借りたまま、参道に何軒も並ぶそば屋のひとつで昼食を取る。その後、教授と清水を信濃歴史民俗資料館まで車で送り、春菜は鐘鋳建設へ足を延ばした。

前回来たときと同じく、会社に職人の姿はなかった。事務所の扉が開いていたので中を覗くと、棟梁が鼻の頭に眼鏡を引っかけて、厳しい顔で算盤をはじいていた。春菜は扉に拳を当てて、コンコンと音を鳴らして注意を惹いた。眼鏡の上から入り口を見て、棟梁が背筋を伸ばす。

「こんにちは」

挨拶すると一本指で春菜を招いた。

「お邪魔します。毎度突然伺って申し訳ありません」

棟梁は帳面を閉じ、算盤を脇に寄せると、立ち上がって言った。

「いや、こっちこそ。若の仕事に付き合わせちまって申し訳ねえ。なんですか、怖い目に遭わせちまったとか」

「危うく狼に喰い殺されるところでした」

そう言ってから春菜は、

「なーんて、何事もなかったので大丈夫です。それよりも私、小林教授と一緒に東按寺さんへ行って、人喰い熅颯の幻を見ました」

棟梁は眉をひそめると、片手を伸ばして応接椅子へ誘った。春菜が座ると向かいに掛けて、開いた膝の間で指を組む。

「何ですか、幻ってのは」

「江戸時代に町の外側で起きた殺人事件があって、その被害者を錦絵に起こしていた絵師を見ました。血みどろ絵とか残虐絵といって、それなりに需要があったみたいで」

「コー公から話は聞いてやす。なんで幻を見たんでしょうね。この真っ昼間に？」

「なぜなのか、私にもわからないですけど……気がかりなことがあって……」

春菜は姿勢を正して言った。

「錦絵を研究している先生が、今朝新幹線で長野へ来て」

「ええ。聞いてやすよ？　姉さんに案内を頼んだんですってね。一文にもなりゃしないのに迷惑なこって」

「それはいいんです。私はボランティアもできないし、台風のせいで仕事も滞ってしまっているし……それはいいんですけど、その先生が、資料として残したいということで怨毒草紙を撮影するのに立ち会ったんですが、最後の頁で絵師本人が割腹していて……なんて言ったらいいのか、その様子を自分で絵に描いている絵なんです」

棟梁は片方の眉だけをクイッと上げた。

「最後にですかい？　そりゃまた凄まじいというか、何というか」

頷いてから、春菜は言う。

「怨毒草紙に描かれていたのは鬼哭の犠牲になった人たちです。清水先生……清水先生というのが錦絵の研究家なんですが……先生や教授の推理では、人喰い熖颯はもともと、処刑の様子や胴斬りの記録などを写生して残す死体検案書の記録係だったのではないかと言うんです。絵師ではなくて、役人だったと」

「なるほど。だから殺人現場を克明に写した血みどろ絵が描けたってぇわけですかい」

「ところがそうじゃなかったんです……たぶん……」

春菜は両手の指を組み、その手を唇に押し当てた。

「最後の頁を開いた瞬間、見たんです。少女を惨殺している男の姿を。男は犠牲者を写生していた。死人を描いていたわけじゃなく、断末魔の少女を描いていました。両目を見開いて歯を食いしばり、でも、口元に笑みを浮かべて……これって、この顔って、東按寺の庭守のお爺さんが死んだときの顔じゃないですか？　私も筆を拾ったときに、おぞましい快感があったんです。何でも描ける感じがして、極めて残虐な絵を描きたくなった」

「む」

と棟梁は小さく唸った。

「なーるほど。それで庭守の爺さんは、地面に生首を描いていたってえわけですね？　人喰い熖颯が乗り移り、鋸挽きの絵を描きながら、自分も死んでいったってぇわけだ」

全身に鳥肌が立つ。少女の死を願った自分が怖くなる。死が救いになるほどの苦しみを与えるなんて、あり得ない。

「お茶でも飲みますかね」

棟梁は席を立ち、しばらくしてから戻ってきた。客用の湯飲みに番茶を淹れて春菜の前に置き、自分も私物の湯飲みを持って、さっきと同じ席に座った。

「人喰い熅颯は、絵を描くために殺人を犯していたんじゃないかと思うんです」

一息に言うと、棟梁は「ふむう」と唸った。

「そいつは役人だったんでしょう？」

「はい。でも、私が見たとき、熅颯らしき男はもがき苦しむ少女の姿を、蛇の生き血で描いていたんです。泣きながら」

「泣きながらって、そりゃ理屈が通りませんや……でも……うん」

「でもそうなんです。彼は酷い自己嫌悪に苛まれていて、自分の行いを呪っていました。俺は何に成り下がるのかと、慟哭（どうこく）していたんです。だからこその最後の絵だったんだと思うんです。殺人を止めるには、自分を殺すしかなくて」

話しているうちに興奮してきて、春菜はまた泣きそうになって茶を飲んだ。棟梁の番茶は熱くて濃くて、なんというか、心の落ち着く味がした。

「姉さんの心に訴えかけたっていうんですか」

「訴えかけたというよりも、私自身が熅颯になった気がして、彼の気持ちがわかったんです。ゾクゾクするような快感と、自分に対する嫌悪感。鬼と人間。両方が心に同居して、引き裂かれていたんです。熤颯は泣きながら絵を描いていた。蛇の血で」

「じゃあ訊きますが、鬼哭の記録はどうなんです。自分で殺しておいてから、のうのうと現場へ戻って役人として、死体の記録を残してたっていうんですかい？」

「たぶんそうだと思います。だから、別にもう一冊あるんです。熤颯が役人として記した鬼哭の記録。残虐絵を刷るために演出された下絵と、殺人を犯しながら描いた写生帖……写生帖はたぶん、被害者の血で描かれています」

広い事務所で棟梁は、怖いものを見るような目で春菜を見つめた。

老眼鏡を外したままでどれくらい見えるかわからないけれど、春菜は自分の真意を見透かされようとしている気がして落ち着かなかった。

「細軸の面相筆を使っていました。蛇の血に浸して。だから狼を見たときに、筆も見たんじゃないかと思う。持仏堂の下に埋められたのは、錦絵ではなくて写生帖だと思います。被害者と熤颯本人の血で穢れた本物の怨毒草紙です。それと熤颯が使っていた筆。犠牲者の血を吸った面相筆です」

「それで筆塚……なるほどねえ……」

棟梁は腕を組み、唇を引き結んで頷いた。

「いや……それなら確かに『筆塚』だな。上に如来様を置きたくもなる。亡者が迷い出てくるのも仕方ねえ。こりゃ……当時の坊さんも、出開帳に行って、とんでもないものを持ち帰ってきやしたねえ」

「棟梁。それだけじゃないんです」

お守りのように湯飲み茶碗を握って、春菜は身を乗り出した。熅颯のそばに蟠(わだかま)っていたものが春菜の脳裏で気炎を上げる。あれを見た。確かに私はあれを見た。心臓がバクバク鳴って、春菜は恐怖で震えてくる。

こんなことを言って、顰蹙(ひんしゅく)を買うのではないかと恐れながらも、目を閉じて、呼吸を整えて目を開き、ついに意を決して春菜は言う。

「人喰い熅颯に取り憑いていた黒いもの。たぶん、それが熅颯を、残虐な殺人鬼に変えたんです。もちろん彼も犠牲者だなんて庇う気はありません。でも、そうすることを止められなかったと思うんです」

「鬼のせいで、ですかい？」

春菜は切なそうな目をして首を傾げた。

凶行を呪いながらも殺人を続けた熅颯の恐怖と悲しみが、未だに胸を刺してくる。自らの心臓をえぐり出したいと思うほど、彼は自分を嫌っていたのだ。他者の苦しみに歓喜する、おぞましくも浅ましい魂の穢れを恐れていたのだ。

「その鬼ですけど、その……様子が……仙龍に絡みついている鎖にそっくりなんです」

ついに言葉に出してしまった。

心臓は早鐘のように打ちまくり、熱い茶碗を握っているのに指が凍えた。

「そうして怨毒草紙の最後の頁に、隠温羅流の因を見たんです。熅颯の体から流れ出る血が、龍の爪に見えたんです。鬼……鬼かもしれない。仙龍の鎖は鬼と関係あるのかも」

棟梁はポカンと口を開け、ほっぺたのあたりをカリカリ掻いた。

「棟梁。どうか笑わないで聞いてください。私、仙龍の鎖を解きたいんです。本気です。棟梁なら隠温羅流の歴史に詳しいと、珠青さんに教えてもらって、この前もそれを聞きに来たんですけど、木賀建設さんがいらしたので言わずじまいで。でも、だから、どうか教えてください。何を調べればヒントを得られると思いますか？　隠温羅流の開祖は誰で、どこに行けばその人のことを調べられますか」

「姉さん……いや……」

棟梁は番茶を飲んだ。そして「いや」と繰り返す。

「仙龍にいい人がいたとしても、そういうことはどうでもよくて」

や、よくないけれど。春菜は心の中で言う。

「交換条件とかそういうの、考えているわけじゃありません。でも、私に鎖が見えるなら、なんとかできるかもしれないでしょう？　仙龍の鎖は急に大きくなったんです。もしもまた……もしも怨毒草紙の祟りを鎮めたら、人喰い熅颯に取り憑いていたあれが仙龍に移って、鎖がもっと大きくなって、そうしたら、私」

声が震えた。バカな女と笑えばいい。あれを見たことのない者に、あれの恐怖はわからない。そんなものを引きずって、仙龍は今日も仕事に出るのだ。それは体重の何倍もある重りをぶら下げたまま、安全ベルトもなしに高所に立つのと同じことだ。その恐怖を想像してみるがいい。目もくらむ高さの場所に、瘴気をぶら下げて立つなんて。

「ここじゃぁねえんだ。姉さん、あのねえ、隠温羅流のルーツは吉備(きび)にありやす」

棟梁は言った。不快に思っているふうもなく、静かで優しい声だった。

「まったく……今にも腹がパンクしそうだっていうのに、姉さんをせっついているのは珠青でしたか」

薄らと歯を見せて笑う。

「いやね、前にも話したと思いますがね、あっしらだって、導師が死ぬのを黙って見ていたわけじゃぁねえんです。兄貴を二人も亡くしましたし、甥(おい)っ子(こ)の昇龍も。若が導師を継がなかったら、あっしの代で隠温羅流が終わることも覚悟していましたが……幸か不幸か、若が嫁さんをもらわねえんで、この後は……」

そこで棟梁は頭を掻いた。仙龍が死んだ後のことを話そうとして、口ごもったのだ。

「うちのナンバーツーは青鯉ですがね？　青鯉は若の兄弟子ですから」

「え？」

「若より二つ年上なんです。だから導師が四十二で逝くとするなら計算が合いません。かつても因縁を解くために厄年過ぎの導師を据えようとしたことがあるそうですが、その日のうちに死にました。うちが始まって初めてなんですよ。若があいう考えで……導師の嫡男に跡継ぎがいないなんてぇのはね」

「それじゃ、どうするんですか。仙龍がもし」

春菜もその後の言葉を言えない。棟梁は苦笑した。

「珠青と青鯉の子供が大きくなるまでは、茶玉か、転か、もしくはコー公を一人前にして……」

「だめ。そんなのダメよ」

コーイチが導師の命運を背負うなんて、春菜にはとても我慢ができない。

「諦めないで私に調べさせてください。吉備ですか、吉備のどこ？　岡山へ行きます。私が調べてきますから」

「まあお待ちなさいよ」

と、棟梁が言う。

「伊達（だて）や酔狂で太刀打ちできる話じゃねえんだ。何百年も続く呪いです。呪いなのかもわからねえ。ただの宿命ってやつかも」

それから春菜の瞳を覗き、心の奥までしみ通るような声で言った。

「呪いなら解く方法もあるでしょう。でも宿命なら……それが隠温羅流の導師です」

「いやよ」

春菜はキュッと唇を嚙んだ。

「自分で調べて納得するまで、諦めたくありません」

「なら、訊きますがねえ」

棟梁は身を乗り出して、両膝の上に拳を載せた。

「姉さんはどう考えているんです? 寿命の短い男には、惚れる価値もありませんかね」

「そん……」

そのひとことは胸に刺さった。自分ではどうすることもできず、春菜はポロポロと涙をこぼした。棟梁に言われるまでもなく、そんなことは最初から、ずっと悩み続けてきたことだ。けれども春菜はその問題に、初めてきっちり向き合ったように感じた。

こぼれる涙を拭いもせずに、春菜は棟梁を睨み返した。

「舐めないで。私……そんなに柔じゃないです」

「くっ」

と、棟梁は下を向き、膝を叩いて「あはは」と笑った。

「いいでしょう。お待ちなさい」

棟梁は席を立ち、隠温羅流が過去に曳いた物件の資料を保管している部屋へ入った。

春菜が慌てて涙を拭い、鼻の頭が真っ赤になっているのをコンパクトで確認していると、何かを持って戻ってきた。小さな黒い手帳であった。

棟梁はそれをテーブルに置き、春菜の前へ優しく押した。

「なんですか？」

「かれこれ四十年以上も昔の手帳です。や、誰かのもんじゃなく、あっしがね、まだ姉さんみたいに威勢がよかった頃に、導師を救いたくて調べたことがメモしてあるんで」

春菜は手帳を引き寄せた。

「棟梁も、同じことを……？」

棟梁はツルリと頭を撫でて笑った。

「あっしも大概(てーげー)な跳ねっ返りだったんでねえ」

開いてみると、几帳面(きちょうめん)な細かい文字で、びっしりと書き込みがされていた。何度も開いた形跡があり、血のようなシミが残っている頁まである。

「血が付いてるわ」

言うと棟梁はニタリと笑った。

「言ったでしょ？　あっしもそこそこゴタだったんですよ」

それから番茶を引き寄せて、

「調べたことが書いてありやす。読んでみておくんなさい」

「お借りしてもいいんですか？」

棟梁は頷いた。

「若い若いと思ってましたが、いつの間にやらこの歳でさぁ。今の望みは、若があっちへ取られる前に、先に逝きたいと思うくらいで」

「……棟梁」

「兄二人はまだしもね、自分より若いのが先に逝くなんて」

昇龍だけでたくさんなんですと、棟梁は言った。

「読みます。隅々まで」

「けれど無理しちゃいけませんよ？　先ずは自分を大切にしないと。姉さんは」

「来てたのか？」

どこかで声がしたと思ったら、事務所の入り口に仙龍が立っていた。

後ろからコーイチも上がってきて、

「あれ？　春菜さん」

呑気な声でそう言った。

「ちょうどよかった。姉さんが先生たちと東按寺へ行って、発見があったらしくてねえ」

棟梁は立ち上がり、自分の机に戻っていく。春菜はその場に立ち上がった。

仙龍とコーイチは埃だらけだ。額に巻いた黒いタオルが灰色になっている。顔と手は下で洗ってきたらしく、頬に水滴が光っていた。

「コー公、首尾はどうだったんでぇ？」

棟梁に訊かれてコーイチが答えた。

「自衛隊が来てくれたんで戻ったんっすよ。松代のほうは一段落で、あとは鶴竜建設さんへ行こうかと」

棟梁はデスクに置いた資料を眺めた。

「あっちの工場もそこそこになったみたいだよ。闇雲に動いても邪魔になるしね、ここいらでちょっと、仕切り直しといこうじゃねえか」

「わかりました。んじゃ、俺はトラック洗ってきます」

「一息いれてからにしな。脱水になると怖いからねぇ」

「わかったっす」

二人が話をしている間も、春菜は立ったまま仙龍を見ていた。

「なんだ？　発見って」

仙龍はそばに来て、テーブルに置かれた棟梁の手帳に気がついた。眉をひそめて、

「それが発見か？」と訊く。

「違うの。これは私が棟梁から預かったもので」

春菜は手帳を持ち上げて、敬うようにハンカチにくるんでバッグにしまった。

「棟梁から？」

仙龍は棟梁を振り返ったが、棟梁はコーイチと仙龍のお茶を淹れるために事務所を出た後だった。近くにコーイチが残されて、ヘラヘラしながらこちらを見ている。

今しかないと春菜は思った。今を逃せば、また言えなくなってしまう。自分の気持ちを伝えるのよ、春菜。心で自分の声がする。春菜は息を吸い込んだ。

「私、隠温羅流のルーツを調べたいのよ」

仙龍は意外だという顔をした。

「何のために」

「仙龍の鎖を解くために」

もう迷わない。公言して、後に引けない状態を作るのだ。自分は気が強すぎて、ずっと生きづらさを感じてきた。直そうとしても上手くいかない。でもそれも、このためだったと思えば気が晴れる。仙龍の気持ちは関係ない。コーイチが息を呑む音がした。

「俺がそんなことを頼んだか？」

けれど仙龍は顔色を変えた。春菜には予想外の反応だった。

「仙龍のためじゃなく、私のためよ。そうせずにはいられないから、そうするの」

仙龍が春菜に詰め寄ってくる。今まで見たことがないほど、その表情は強ばっている。

「遊びじゃないんだ」

静かだが迫力のある声で吐き捨てる。コーイチが真顔になって見守っている。春菜を見て、仙龍を見て、また春菜を見た。彼が心配していることはわかったが、春菜は仙龍の一言にカチンときていた。

「私が遊びで言っていると思うの？　ずっと考えて、ずっと悩んで、それで出した答えなの。私はあなたのサニワでしょ？　私には黒い鎖が見えるんだから」

「やめておけ。宿命は変えられない」

「そんなこと……やってみなくちゃわからないじゃない」

困った顔のコーイチが目の端に見えたけど、春菜はショックで震え始めていた。

そんなふうに言われると思ってはいなかった。仙龍は、一緒に戦ってくれるとばかり思っていた。

「俺たちのことに首を突っ込むな。あれを見たならなおさらだ」

その言葉が稲妻のように春菜を打つ。

「……あれを見たなら？　……あれってなに？」

仙龍が視線を逸らす。春菜は恐ろしさに胸が潰れてしまうと思った。

「待ってよ。あれを見たならって、なに？」

仙龍は答えない。じっと春菜の前に立ち、失言にうろたえているようだ。

「仙龍……まさか……あなたも……」

そんなことがあるだろうか。渦巻く瘴気の黒い雲、鎖のようにつながって、奈落へ引き込むおぞましい影。それが仙龍にも見えていたなどということが。

――おまえが思うほど俺は強くない――

「あれはそういう意味だったの？」

迫り来る死の時が、仙龍にも見えていた？ その残酷さに震えがくる。

「隠温羅流の導師になるとはそういうことだ。すまん。もう帰ってくれ」

「……いや」

「俺を怒らせるな」

春菜は再び涙を流した。

仙龍に拒否されたことがショックだったのか、彼にも鎖が見えていたことが衝撃だったのか、それを受け止めきれずに混乱したのか、自分の気持ちがわからない。

けれど、でも、

「そんな言い方しなくていいじゃない。私には仙龍を心配する資格がないの？」

泣く女、ヒステリーを起こす女、決められない女、弱さを武器にする女……そんな女が大嫌いだった。惨めで浅はかでバカらしいと、心のどこかで蔑んできた。なのに今の自分はどうだ。この男を好きになったばっかりに、そんな女に成り下がる。そのことのほうが我慢できない。

「帰れ」

と、仙龍は繰り返す。春菜の涙は頬を転がり、パタパタと床にこぼれて落ちた。春菜がバッグをひったくったとき、

「社長、ちょっといいっすか」

コーイチの声が高く響いた。

額に巻いたタオルを外し、それを両手にギュッと握って、コーイチが駆け寄ってくる。

「俺は未熟な法被前っすけど、言わせてください」

庇うように春菜の前に立ち、仙龍に向かって胸を張った。背が低いので迫力はないが、懸命な心がほとばしり出ている。

「そんなの春菜さんにあんまりじゃないっすか。春菜さんはうちのサニワなんすよ？　今までだって何回も、怖い現場に行ってくれたじゃないっすか。え？　それって何のためなんっすか？　社長はわかってるはずっすよね、春菜さんは」

「コーイチ、いいの。もうやめて」

春菜は拳で涙を拭った。一億円の契約を逃したときよりも、この衝撃は大きいと思う。心が折れた。自分はもう立ち直れない。コーイチは春菜を振り返る。

「やめないっす。なぜって俺も同じ気持ちっすから」

そしてまた仙龍に向き合った。タオルを握って、覚悟を決めたという声で。

「社長が厄年で死んだなら、次の導師も死ぬんすよ。それが宿命で、受け入れるって、はいそうですかって言えますか？　俺は社長が死ぬなんて厭っす。社長に惚れてる春菜さんだったら、余計にそう思うでしょ？　好きなんだから、死んでほしくないと思うの、当然じゃないっすか！」

仙龍に怒号を浴びせかけてから、コーイチは春菜を見て言った。

「失恋してんの、わかってました。でも俺……しょうがないと思ってんすよ。だって俺、春菜さんにも、社長にも、惚れてんすから」

コーイチの目の縁が染まっている。タオルを握る手は力が入って真っ白だ。

このままだとコーイチは鐘鋳建設をやめてしまう。コーイチはそういう人だから。仙龍にもの申すなんて百年早いと思っているから。それを見てどうして黙っていられようか。

春菜はコーイチが出ていかないように、腕を握って仙龍に告げた。

「そうよ。私は仙龍に惚れた。仙龍が好きなの。寿命がどうでも関係ないわ。同じ宿命を生きたいの。だから私を止めないで。ずっと近くに置いてください」

その瞬間だけは涙が止まった。もう仙龍から目を逸らさない。逃げたりしないと春菜は思う。仙龍は困ったふうに目を細め、額に手を置いて両目を瞑った。

「社長はどうなんす？　春菜さんに告白させて、シカトっすか」

コーイチがオモチャのお猿のような顔で笑った。少しだけ怒っているようにも見える。

仙龍は深いため息を吐いた。

「俺は……祖母やお袋の悲しむ姿を見て育ったんだぞ。大声で泣くならそれもいい。だが、二人はそうしなかった。黙って、悲しみを深く沈めて、宿命を受け入れる女房役を演じている。そんな二人を支えようとして、珠青はあんな性格になった。事故で突然死ぬのは不可抗力だが、家族を最後まで守り切れないと知っているのに、家庭を持つのはどうなんだ？　男として、それはどうなんだ」

「男だって人間よ。家族は支え合うものよ」

「そうっすよ！」

「珠青さんが言ってたわ。仙龍さんは優しすぎるって」

仙龍は頭を振った。

「俺はそんなに強くない。守る者ができれば弱くなる。もしも、おまえを……」

仙龍はそこで言葉を切ると、息を吸い込んで先を続けた。

「時間はもう、あまりないんだ」

春菜はコクリと深く頷いた。

生きようと、生きまいと、それでもいいかと訊かれたことがわかったからだ。

「私、ここにいてもいい？」

仙龍は微かに笑った。たぶん笑ったのだと思うのだが、春菜にはよくわからなかった。

涙があふれて視界が利かず、背の高い仙龍の表情よりも、泣き笑いしているコーイチの顔のほうが、ずっとよく見えたくらいだったから。

其の八

怨毒草紙

翌早朝。鐘鋳建設の打ち合わせ室に、春菜と小林教授、東按寺の住職と木賀建設の社長、仙龍、棟梁、コーイチのほかに、青鯉、軔、転、茶玉という四天王が集まった。雷助和尚も同席したが、まっとうな坊主である東按寺の住職に遠慮してか、今日もブカブカの作業着姿で末席にひっそり座っている。

「昨夜遅くに救急車が来まして」

上座に掛けた住職が、深刻そうな声で言う。

「うちの塀の裏側で、お婆さんが亡くなりました。徘徊(はいかい)してしまうとかでご家族が捜しておられたのですが、境内の脇にある塀の隙間に倒れて亡くなっていたそうです。一応事件性はないということですけど、やはり、死に顔が……」

住職は顔を上げ、

「これで、亡くなった方は二人になりました。今も一一〇番通報は止まないそうで」

どうにかしてくれと訴えている。

仙龍は木賀建設の社長に目を向けて、話を進めた。

「怪異の始まりは台風でも、亡くなった猪助さんのせいでもなく、やはり持仏堂の位置が変わったことだと思う。阿弥陀如来の真下に筆塚があり、如来さんが瘴気を封じていたのを、曳家で位置がずれたんだ」

木賀社長はため息を吐いた。

「……やっぱりなあ……確かに石の式台があるのは確認してたが、何かを封印したものだとは思わなかったもんなあ」

誰かを責めるでもなく曳家を悔やむでもない、淡々とした物言いだ。

「木賀建設さんのせいじゃないです。それについては寺のほうでも把握できていなかったわけですから」

住職が言う。

「筆塚が祟るなんてことがあるんですか？」

事情に精通していない青鯉が訊いた。青鯉は背が高く、端整な顔立ちだ。

「それについては……」

説明をしてくれと、仙龍は春菜を見た。

小林教授に話を振ると、脱線して時間がかかるからである。

「ごく簡単に説明します」

春菜はテーブルに腕を載せ、両手の指を交互に組んだ。仕事でプレゼンをするときは正面に立って話すのだが、座ったままだと勝手が違ってやりにくい。

「江戸時代。善光寺の出開帳で浅草へ出向いた僧が、供養してほしいと懇願されて、猿若町から残虐絵の草紙本を持ち帰ったんです。絵師は人喰い煺颯と呼ばれた男で、同時期に江戸郊外で起きた猟奇的殺人事件の検視図を手がけた役人だったようです」

やはり教授が口を出す。

「はじめはこの役人が、職業上知り得た検視図を基に残虐絵を描いていたと思われたのですが、実はそうではありませんでした。ちなみに、猿若町から持ち帰った残虐絵の草紙本は、今も東按寺さんに保管されています」

春菜は話を元に戻した。

「ここから先は推測でしかないんですけど」

そう前置きしてから、春菜は事情を知らない四天王に目を向けた。

「教授が錦絵の専門家を呼んでくれたので、草紙本の撮影に立ち会ったんです。書かれていた残虐シーンは、猟奇的殺人の検視図と一緒で、東按寺さんの周辺で目撃される怪異にそっくりでした。人の尊厳や、命そのものを弄ぶ残虐な殺し方です。だから怪異は、草紙本の中身が噴出したものだと思うんです。草紙本の最後は絵師本人を描いた残虐絵で終わっています。人喰い煺颯は割腹し、自分の血で最後の絵を描きました」

小林教授が手を挙げた。そして勝手に喋り出す。

「昨日、清水先生が残虐絵を撮った写真データを送ってくれましてね。よくよく確認しましたら、最後の一枚だけ、版木の様子が違っていました。これはおそらく、熾颯が死んだため、元絵から錦絵に描き起こす作業をほかの絵師が請け負ったからだと思われます。余談ですが、これにより『絵師本人が死んだ残虐絵』というネームバリューが加わって、怨毒草紙がさらなる高値を付けたことが推測できますねえ。実に浅ましいことですが」

教授は春菜に「どうぞ」と言った。

「その撮影中に、私は熾颯を見たんです。見たといっても視力で認識したのか、脳で見たのかわからないですけど、彼は被害者の前にいて、断末魔の様子を帖面に写生していたんです。筆の先を血に浸して」

春菜は大きく息を吸い、木賀社長に目を向けた。

「熾颯は役人として検視現場へ行きましたけど、それより前に、殺人犯として猟奇殺人の現場にいたのだと思います。そのときの写生帖こそが、被害者の血で描かれた本物の怨毒草紙です。持仏堂の下に埋められているのは本物の怨毒草紙と、被害者の血を吸った熾颯の筆だと思うんです」

ため息にも似た沈黙が一同を襲う。

木賀社長は椅子の背もたれに体を預けた。

「わぁ……臭いがしたと高沢さんが言ったとき、嫌な予感はしてたんだよな」

「ごめんなさい。そのときに気がつけばよかったんだけど、あのときは、床下で動物が死んでいたのかと思ってしまって」

「それではいったいどうすれば？　持仏堂を元の位置に戻すしかないのでしょうか」

「それなんですけど」

　春菜は言う。

「人喰い熅颯は許すことのできない男です。絵を見たらわかるけど、殺し方が酷すぎて、とても人間のやることじゃないです。鬼だってあんなことできない。でも……」

　春菜は一瞬目を閉じて、熅颯に取り憑いていた影のことを思った。

「人喰い熅颯は苦しんでいました。お腹を裂いて内臓をえぐり出して捨てたいほど、自分の所業を恐れていた。嫌悪して、もがいていました。だから、被害者の魂を供養するだけでは呪いが解けないと思うんです」

「それはあまりに虫のいい話じゃないですか。人を殺して、自分が苦しんでいた？」

　木賀が言う。

「社長がおっしゃることもわかります。熅颯のような男は、永遠に地獄の業火で焼かれればいいと、私だって思います。でも、それだと解決にならないと思うんです。熅颯のあれは反省なんかじゃないし、虫がいいとか悪いとかでも、改心するしないの話でもない。熅颯を救えなければ瘴気は収まらない。そういうことを申し上げています」

「なら、どうすれば」

住職が訊く。

「筆塚を掘り返しましょう」

仙龍が答える。

「えっ？」住職は驚きの声を上げた。

「そんなことをして大丈夫かよ？」

木賀が訊き、今度は棟梁が答えた。

「結界を巡らせて、中で作業するってことですかねえ。とにかく中身がなんなのか、確認してみねえことには」

「どうでしょう」

と、仙龍は、木賀と住職を交互に見やった。

「先日畳を上げてみましたが、床下に空間があるので体はなんとか入ります。それに、畳を上げるだけなら費用もそれほどかかりません。式台はウインチで引いて横へずらせば」

「ああ、はいはい。ならば、そこはうちがやりますよ」

木賀が言う。

「でもさ、大地。その後はどうするんだよ？　確認したからって、持仏堂を元の位置に戻さなかったら、怪異は収まらないってことなんだろう」

「供養するのじゃ」

今まで無言だった和尚が言った。

「生き血で描かれた絵とあれば怨念が凝り固まっておるのも道理。幸い坊主も二人おる」

「一人は生臭っすけどね」

コーイチが言って、和尚にパチンと叩かれた。

「追善供養をするということですか？　いや、そんなことで収まれば、如来様をお招きしたり、お堂を建てたりする必要はなかったのではないですか」

雷助和尚は顔を上げ、無精ひげの下でニヤリと笑った。

「供養は心じゃ。亡者も人と同じである。相手の望みがわからねば、どんなに金をかけようと、また体裁を取り繕っても無駄なこと。怪異の発現は人喰い熖颯の悲しみと恐れ、自己嫌悪と後悔じゃわい。筆塚に埋まっているのが怨毒草紙であるならば、掘り出してすべての頁を経文で埋め、御仏の姿を描き入れてから荼毘に付す」

木賀は顎のあたりをしきりにさすった。

「荼毘に付すって言いますけどね、そんなことして、祟りは」

「成仏するのじゃ。祟りはあるまい」

仙龍は住職の顔を覗き込んだ。

「それならば、曳家して持仏堂を元の場所に戻す必要もない。どうですか」

住職は汗を拭った。

「……わかりました」

「では、そういうことで」すかさず棟梁が席を立つ。

「ところで、こちらが工事の見積書ですがねえ」

誰にともなく書類を出すと、木賀が手刀を切ってそれを受け取り、

「正規のお見積書は、追ってうちから」

東按寺の住職に向けてニッコリ笑った。

今年の季節は巡りが悪い。そのせいか山の紅葉は寝ぼけた色で、秋が深まる前に冬が来そうな気配がしている。空高くたなびいているのはやはり巻雲で、そういえば、今年はウロコ雲をあまり見てないと春菜は思った。

鐘鋳建設で筆塚を掘り返す算段をした数日後、東按寺の境内には、再び木賀建設の仮囲いが設営された。今回の囲いは境内と持仏堂の行き来を遮るだけのものであり、囲いの内部に小型の重機が運び込まれて、オペレーターとして木賀建設の社長と熟練の職人、あとは鐘鋳建設から四天王、仙龍と棟梁とコーイチがやってきた。式台を動かすための下準備を終えた頃、ゴーン……、ゴーン……、と、善光寺の鐘が聞こえた。最初の鐘は午前十時に。その後も時の鐘は、午後四時まで正時ごとに鳴らされる。

「ああ……久しぶりに聞いたわ」

空を仰いで春菜が言うと、

「昔は善光寺の鐘の音が聞こえるところで杏が実るといわれていまして、更埴の森あたりまで聞こえていたようですが、今はせいぜい周囲に四、五百メートルというところでしょうか。建物も増えましたしねえ。近くにいても聞こえないこともありますし」

小林教授が教えてくれた。

持仏堂の扉は開け放たれて、お堂の前にブルーシートが敷かれ、四天王が畳をすべて運び出している。今回は建物を上げないが、床下にもぐって作業するため畳も板も剝がしているのだ。床下にある式台の石が確認できたところで周囲を掘り下げ、石をワイヤーに固定して、ウインチで引いてずらす作戦だ。

そうはいっても床下には柱も貫も通っているし、土台もあれば床束もある。一歩間違えればお堂自体を壊しかねない。知識も腕力もない春菜は足手まといになってしまうので、小林教授と一緒に邪魔にならない隅にいて、作業の様子を見守っている。

雷助和尚も来ているが、境内から一歩も出ない約束で作業着を脱ぎ、庫裡で住職を手伝っている最中だ。二つの建築会社を統べるのが棟梁で、頭に捩りハチマキを巻き、テキパキと指示を出している。曳家の主人公は導師だが、現場の主人公は、しばしば最年長の棟梁になる。やはり経験値がものをいう世界らしく、こういうときの棟梁は誰よりも光って見えるから不思議だ。

建具も外され、すべての畳を運び終えると、お堂の中には如来様と、左右の壁にびっしり並ぶ持仏や位牌が丸見えになり、ありがたい気分になってくる。仙龍たちは床下にいて、四天王が土を掘りだした。お堂の外からそれを見守っているのが木賀建設で、年配の職人が時折床下に潜っていって、石にロープを掛ける位置や、それによって損傷を受ける可能性がある柱のチェックをこまめにしている。木賀はベテラン職人の意見を聞いて、万が一にも建造物に被害が及ばないよう、柱に保護材を巻き始めた。

彼らの仕事ぶりを見ていると、春菜は自分が展示に関わる文化財の重みを改めて嚙みしめたくなる。多くの人は知らないだろう。人は雨風や日照りや災難から建物に守られているのだが、建物を守るのもまた人だということを。それが証拠に人が住まない建造物は、あっという間に朽ちていく。風の通りや雨仕舞い(あまじまい)の問題だけではなく、人と建造物の間にだけある何かが関係しているのだと春菜は思う。愛されて生き残った古い建造物が春菜は好きだが、畏怖(いふ)を感じることもある。けれど仙龍たちのような曳家師は、建物に愛されている人間なのだ。

見守り続けて正午になった。

午前中から本堂で続いていた読経が止んだので、春菜は近くの仕出し店から運ばれてきたお弁当の準備を手伝うことにした。庫裡では住職の奥さんが、テーブルやお茶を用意している。客間の隣が控え室となり、そこに隠温羅流の白い法被が置かれている。

今日の曳家に関わる者は一堂に会して食事をするが、そこに仙龍の姿はなかった。

「あれ？　仙龍は？」

春菜はコーイチに訊いてみた。テーブルに並んで着いた職人たちは、すでに弁当を食べ始めている。今日の仕出しは門前にある老舗満留八総本店の精進料理だ。この店は味がよいことで有名で、弁当を食べるだけでも手伝いにきた価値があるというものだ。

「社長はお寺の風呂を借りて水垢離してると思うっす。曳家の前に、導師はものを食べないんっすよ」

「……そうなんだ……」

自分がまだ何も知らないのだということを、改めて春菜は思い知る。コーイチの茶碗に茶を足して、末席でわしわしとごはんを食べている雷助和尚の脇まで行った。

「導師は食べないのに和尚は食べるの？　これから大事な役目があるのに」

「それだからこそ喰っておかんと。案ずるな。仙龍の弁当は、儂が折に詰めてもらっていくゆえ。それにしても、さすがは満留八。大勧進出入りで名を成した精進料理の総本店よのう。あれも旨い、これも旨い。まことによい仕事をしておるわい」

ゴマ豆腐をひと口で平らげると、バリバリと天ぷらを齧り始めた。

春菜は自分の席へ行き、豪華な弁当を見下ろした。庫裡の風呂場で仙龍が身を清めていると思うとドキドキする。はたして式台の下には本当に怨毒草紙が埋まっているのか。人喰い熅颯の腹からあふれた臓物と血液、鬼気迫る顔と、血を吸った筆、その光景が思い出されて、お昼が精進料理でよかったと、心の底から安堵した。

午後一時半。

いつもは小汚い僧衣の雷助和尚が絢爛豪華な法衣(ほうえ)を纏い、東按寺の住職と一緒に持仏堂の前に現れた。毎度のことながら小林教授はカメラを構えて自分の好きなところへ行ってしまった。式台を曳く準備は整って、ウインチのそばにベテラン職人が、木賀は建物の土台に張り付いた。お堂の前には台が置かれて線香が焚(た)かれ、住職が読経の準備を始めた。

雷助和尚はといえば、住職が読経する台より前に文机(ふづくえ)を置き、座して墨を摩(す)っている。

教授によれば、住職と隠温羅流の職人が立つ位置をつないで結界とするため、雷助和尚が住職よりお堂に近い場所に陣取るのは道理だという。和尚が墨を摩るために使う水は、この日の朝に善光寺の井戸から汲(く)み上(あ)げてきたものだ。

仙龍たちの姿はまだない。

午後一時四十五分。仮囲いについているドアが開き、サラシを巻いたコーイチが入ってきた。隠温羅流の因を記したハチマキを額に巻いて、ドアが閉まらないよう支えている。

続いて来たのは棟梁で、純白の法被を纏っていた。因縁物を曳家するとき、隠温羅流の職人たちは裸の胸にサラシを巻いて、純白の長い法被を纏う。コーイチが憧れて止まない、一人前の職人だけに許される特別な装束だ。揃いの白い装束を見ると、春菜は気分が高揚(こうよう)する。以前に木賀も話していたが、これがあっての隠温羅流だ。曳家するのが因縁物件だとしても、何遍でも、いつまででも見ていたくなる。

最後にやってきた仙龍は、白の法被に白の股引(ももひき)、白の長足袋、今日は五色の御幣ではなくて、コーイチと同じハチマキをキリリと額に締めている。隠温羅流は曳くものによって装束が少しずつ違うらしい。四天王も仙龍と同じ装束なのに、仙龍の長い法被の裾だけが風に揺らいでいるのが不思議だ。御祓(みそぎ)をすませた仙龍の肩には、いったい何が懸かるのだろう。隠温羅流の導師には建物が懸かると言った木賀の言葉を思い出す。

隠温羅流の職人たちが一堂に会すと、その場の空気が一遍に変わった。

コーイチは無言でドアを閉め、両手を後ろで組んで開脚し、ネズミ一匹通さぬぞというように、ドアの前に立ちはだかった。残る職人たちは木賀建設や住職たちに一礼すると、持仏堂の前に一列に並び、深々とお堂に頭を下げた。

お邪魔します。どうぞよろしくお願いしますと、心の声が春菜には聞こえる。

そして突然、棟梁が叫んだ。

「おう、青鯉、軔、転、茶玉！」

その一声で、転と茶玉はそれぞれ鬼門と裏鬼門へ走り、コーイチと同じ姿勢でその場に立った。青鯉は重機を操作するベテラン職人の脇につき、軔は木賀の脇に取り付いた。

仙龍はまだお堂の前に立っていて、阿弥陀如来に一礼してから内部へ入った。床がないので根太や横木に手を掛けて、それを軽々と乗り越えていく。やがてワイヤーを掛けられた式台まで行くと、両足の下に石を捉えた。

いよいよだ。春菜は思わず拳を握る。

「それじゃ、お願えしやす」

棟梁が頭を下げたとき、住職の読経が始まった。

雷助和尚は墨を摩る。

ウインチが低く唸り出す。

コーイチは歯を食いしばって入り口に立ち、仙龍の姿は堂内にあるが、胸の前で高く腕を組み、瞑目したまま微動だにしない。

春菜は住職の後ろから、これから起きることすべてを見守っている。

ジ……ジジジ……ジジジジジ……

微かな振動が足下から伝わってくる。地面が動いているのだと思う。

……ゴ……そのとき仙龍が片手を挙げた。

「すり足」

と青鯉が職人に囁く。

木賀の脇では軔が指を動かした。わずかに曳きを調整したのだ。春菜は心臓がドキドキしてきた。ヤバいもの、おぞましくて、ドロドロしたもの、穢れたものの気配がする。

「む」

と和尚が呟いた。墨を摩る手を止めてお堂を見ている。

凄まじい臭気が立ち上る。仙龍が顔を歪めた。

「ご住職、読経を止めちゃぁいけませんぜ」

棟梁は住職の脇にいる。住職が恐れをなして、儀式を中断してはことである。そのためいつにも増して強面で、細い眼がギラギラ光っている。

さっきまでは宙に広がっていた線香の煙が、異様に折れ曲がって地面に落ちた。それはあまりに細い蛇のごとくに、うねりながら持仏堂の床下へ吸い込まれていく。亡者たちが救われたくて、線香の薫(かお)りを欲しているのだ。それなのに異様な臭気は止むことがなく、まるで腐りかけた死体の山が目の前にあるかのようだ。

怨毒草紙は拒絶している。

春菜は、雲霞のごとき黒雲が仙龍を奈落へ引きずり込むのではないかと恐れを感じた。

だめよ。それはだめ。

祈るように合掌して、見えないものに語りかける。

私たちはあなたを救うために来たの。だからお願い。邪魔をしないで。

「ほーいっ！　シテ三！」

青鯉が叫んだ。

「止めるな、曳けーっ！」

棟梁も怒鳴っている。住職は臭気に噎せて読経できない。文机の前に座したまま、雷助和尚は数珠を鳴らした。野太い声で読経を引き継ぐ。住職のように洗練された声ではないが、父親や祖父や恩師から戒められているかのような、温かくて心地のいい声である。

「恐れずに曳け！」

仙龍の手の動きを見て棟梁が言う。

青鯉が職人に加減を伝え、軔が木賀と建物の柱を守る。

ゴ……ゴゴゴゴ……嗚咽のように地面が唸る。

私を信じて、お願いだから。もう泣かないで、約束するから。私は、あなたを……。

春菜は熅颯に語り続ける。

「あなたを絶対、鬼にはさせないっ！」

思いあまって声に出た。その瞬間、仙龍の姿がぼうっと輝き、砂が地面に落ちたかのように臭気が消えてなくなった。雷助和尚が立ち上がる。棟梁が根太を乗り越え、仙龍の許へ走っていく。そして大きな声で叫んだ。

「やりなすった！　式台の下に穴がありやす」

その場にいた全員の緊張も解けかけたかに思えたが、棟梁は続けて怒鳴った。

「転と茶玉は動くんじゃねえ！　コー公もだ。そこを守ってろ！」

名前を呼ばれた三人は、再び直立不動に戻った。

「来てみなせえ。筆がありやす」

そう言われても住職は動けない。結界を守る者たちも同じだ。

春菜は住職の脇まで進み、棟梁が仙龍の足下に跪いて何事かするのを見守った。

青鯉と軔もやってきた。木賀とベテラン職人もだ。

カメラを手に、小林教授も戻ってきた。けれど結界の中には入れない。

石の上に立ったまま、振り返って仙龍が言う。

「式台の下は、石棺になっていた。すごい技術だ。水がほとんど染みてない」

棟梁が何かを握って立ち上がり、お堂を出てきて、それを和尚の文机に置く。

数十本はあろうかという面相筆だ。いかにも使い古されたものもあり、穂の部分が血で固まったものもある。おそらく人喰い熖颯が最後に使った筆だろう。絵師が死んでしまったために、血を吸った筆を手入れする者がいなかったのだ。

棟梁は筆を置くとまた戻り、床下にしゃがんで見えなくなった。仙龍も腰を屈める。振り向けば、一番遠い場所に立つコーイチが、（どうなってんすか？）と問いたげに、目をパチクリさせている。かといって春菜にも何も見えない。横の教授がうっかり結界を破らぬように、片足を教授の前に出して用心している最中だ。

「石棺の中は塩だらけだ。湿気(しっけ)を吸って固まっている」

仙龍が声で教えてくれた。

「塩ですか」

と教授が言う。カメラから手を放し、腰の手ぬぐいで眼鏡を拭いた。

「そうだ。やはり何か、入っている。油紙でくるんだ箱だ」

仙龍がまた言って、床下から棟梁のハゲ頭が覗いた。

小柄な棟梁は横木の間をくぐるようにしてお堂の中から抜け出してきた。手には油紙に包まれた箱を持っている。和尚の前まで来ると、文机ではなくブルーシートにそれを置く。春菜は教授のシャツの裾を握った。

「おお。もしやそれが、市中見聞録に書かれていた箱ではないでしょうか。浅草寺の宮大工に相談して、仏像を彫ったあまりの白木で箱を作って本を入れ、塩に埋めて封印し、お札を貼った状態で信濃の国へ持ち帰ったという」

教授が前に出そうになったので、春菜はシャツの裾を引っ張った。

和尚の脇で棟梁が、丁寧に油紙を剥いでいく。はたして教授の言うとおり、中はお札を貼った木の箱だ。白木の箱の上蓋に『怨毒草紙』と書かれている。

「やはりのう……」和尚が呻いた。

「開けても大丈夫なんですか」

数珠を握って住職が訊く。棟梁は和尚と視線を交わし、封印を切って、箱を開いた。

その瞬間、春菜は箱からもうもうと立ち上る真っ黒な瘴気を見た。外気に触れて消えることもなく、箱の周りに蟠っている。

「瘴気が見えるわ。真っ黒で、煙みたいな」

「わかっておる」と、和尚が言った。

「入るでないぞ。こんなものには触れぬが花じゃ」

「また塩だねえ」

顔をしかめて棟梁が唸る。雷助和尚は棟梁を手伝って塩を掻き出し、中から一冊の写生帖を引き出した。それは東按寺に保管されていた錦絵の草紙本とは違って、年月ではなく血のせいで褐色になった、おぞましい帖面だった。頁と頁が貼り付いて、もはや開けないのではないかと思うほど、バリバリに固まっているように見える。

雷助和尚にそれを渡すと、棟梁は再び、

「お願えしやす」

と、住職に言った。

線香が焚かれ、読経が始まる。

黒雲ごと怨毒草紙を文机に載せ、雷助和尚が筆をとる。

――如是我聞　一時仏在舎衛国　祇樹給孤独園　与大比丘衆　千二百五十人倶　皆是大阿羅漢……

和尚は血濡れた表紙に手を置いて、一気呵成に何かを書いた。そして血で貼り付いた頁を開く。驚いたことに、血で固まっていると思えた怨毒草紙は抗いもせずに開かれて、おぞましい写生の中身を露わにした。

「やはり姉さんの言うとおりでしたよ」

棟梁が教えてくれた。その言葉と、棟梁の表情だけで十分だった。痛ましそうに眉をひそめて、棟梁はこみ上げてくる不快感を飲み下している。住職と和尚の背中で怨毒草紙は見えずとも、春菜の頭には錦絵のおぞましい絵面が貼り付いている。あちらは演出されたもの。しかし和尚の前の怨毒草紙は、被害者の痛みと苦しみが染みついた本物だ。瘴気は和尚に纏わり付いて、棟梁の足下にも及んでいる。外へ出ようと渦巻くも、結界に阻まれてそれができない。住職は読経の声を上げ、仙龍は石の上から動かない。さしもの教授もカメラを構えず、ただ息を殺して見守っている。

「踏ん張れよ」

棟梁が転と茶玉とコーイチに檄を飛ばした。自身も瘴気に晒されながら、そばで和尚を守っている。

——従是西方　過十万億仏土　有世界　名曰極楽　其土有仏……

　風が吹き、日が暮れる。

　善光寺の時の鐘を聞くのは何度目か。

　誰一人その場を動かず、読経の声も続いている。和尚が最後の頁に経文を書き、裏表紙に達者な筆致で仏の姿を描き入れたとき、それは起こった。一瞬だった。

　文机の上で怨毒草紙が火を噴いたのだ。炎はあっという間に火柱になり、持仏堂の屋根を越え、夕空に達したかと思うのも束の間、地面に吸い込まれるかのように鎮火した。

　そのとき春菜は、結界の中に渦巻いていた黒雲が、炎とは別に地下へ潜っていくのを見た。人喰い熅颯が残した筆も、わずかに火を噴いて燃え尽きた。

　残されたものは灰だけで、風にさらわれて消えてしまった。

　住職は声も顔色もなくして、木賀も職人も驚いてはいたが、雷助和尚が立ち上がり、棟梁がパンパンと手に付いていた塩を払うと、その場の空気がまた変わり、コーイチたちがため息を吐いた。

「よーく我慢しなすった。けど、まだ仕事が残ってるぜ」

　さすがに疲れた顔をしながらも、棟梁はニッコリ笑って指示を出す。

「石を戻して畳を敷くよ！　暗くなる前に持仏堂を閉めなきゃならねえからな」

　そしてコーイチにこう言った。

「コー公、ご住職にお願えして、お庭の梅の木から枝を切ってもらってこい！」

「はい」

コーイチもようやく持ち場を離れ、住職を仮囲いの外に出す。

そのときになってようやく春菜は気付いたが、サラシの上に法被を纏った兄弟子たちはともかく、裸のコーイチは寒かっただろうと。

「でも、梅の枝なんてどうするの？」

教授に訊いたが、首を傾げるだけである。

雷助和尚がやってきて、無精ひげの顎を掻きながら教えてくれた。

「石棺の中に入れるのじゃわい。怨毒草紙は燃え尽きて、筆塚は空っぽじゃからの」

「梅を入れるといいことあるの？」

雷助和尚はハハハと笑った。

「空の器には魔が宿る。而して中身が詰まっておれば、悪いものは棲めぬわい。梅は埋め、そういうことよ」

「まさかのダジャレ？」

春菜は呆れて首をすくめた。

「いいえ、そうとも限りませんねえ」

小林教授が口を出す。

「おおよそ呪というものは、そのような成り立ちをしております。春菜ちゃんもやったでしょ？　受験戦争に勝つために、トンカツや、キットカットを食べませんでしたか」

「それは……まあ……」

「それがまた効くのじゃわい」

雷助和尚はムハハと笑い、東按寺の住職から借りた法衣を返すため、庫裡のほうへ出ていった。その後ろ姿を見送りながら、本当に可笑しな人だと春菜は思う。いつだったか、やはり障りを解くために、和尚が面を彫ったことがある。坊主なのに彫刻もできるのかと驚いたけれど、雷助和尚が彫り上げたそれは、顔の形に切った木に目鼻の穴が空いているだけの粗末なものだった。けれどさっきは怨毒草紙に、スラスラと阿弥陀如来を描いてみせた。流れるような筆さばきで。

「生臭坊主……恐るべし」

春菜は小さく呟いた。

怨毒草紙が消えたので、春菜も教授も持仏堂の中へ行き、石棺の中を見ることができた。石の棺は丁寧に作られていて、底の部分に梵字（ぼんじ）のような印が彫られていた。仙龍が上に乗った式台も、裏返せば呪が彫られているだろうとのことだが、石を外まで曳けないために確かめることはできなかった。教授は石棺を写真に収め、花のない梅の枝が内部に置かれて、式台は元の場所に戻された。石には隠温羅流の因が貼られて、仙龍たちは作業着に着替え、床板や畳も戻されて、持仏堂は元の姿になった。すべてが終わると、もう善光寺の鐘の音は聞こえず、濃い夕暮れが境内を朱色に染めていた。

春菜は仙龍の鎖が気になっていたのだが、今回は一度も鎖を見なかった。

それは仙龍も同じのようで、みんながそれぞれに東按寺の駐車場を出るときも、仙龍は涼しい顔をしていた。

「どうだ。疲れたか?」

別れ際に仙龍は、春菜の近くへ来てそう訊いた。

「疲れたけど、大丈夫。それより仙龍は?」

「さすがに腹が減ったかな」

それじゃ、ご飯を食べにいかない? と、訊こうとしたとき、コーイチが走ってきた。

「社長! 今、青鯉さんに電話があって、珠青さんが病院へ行ったみたいっす」

青鯉は社用車の前にいる。仙龍は春菜を見た。

「生まれるみたいだ。じゃあ、また連絡する」

「わかったわ。元気な赤ちゃんが生まれるように祈ってる」

仙龍は白い歯を見せ、

「ありがとう」

と、素直に言った。それだけで春菜は心が温かくなる。

「ああ……おめでたいですねえ」

小林教授がしみじみと言う。教授は春菜が自宅まで送っていくことになっていた。

「珠青さん、赤ちゃんは男の子だって言ってましたよ。母子共に健康なのが一番ですね」

助手席のドアを開けてあげながら言うと、教授は車に乗って窓を開け、空を仰いだ。

「そうです。そうです。なによりそれが一番ですねえ。生まれるというのは尊いことです。この歳になりますと、その尊さが、泣けるほどにありがたいと思えるのです」

空にはやはり巻雲が、茜や紫に染まりながら彼方へ向かってたなびいている。その奥に、人は極楽浄土を夢見たのだろうか。

「教授、私たちも、ちょっとだけ応援に行きますか?」

そう訊いて春菜は運転席に乗り込んだ。

「いいですね。行きましょう、行きましょう」

邪魔だと追い出されるかもしれないけれど、奇跡の瞬間に立ち会いたい。人が人を産み出すなんて、そんなに素晴らしいことがあるだろうか。私も頑張る。決して負けない。

夕暮れの参道に次々と明かりが灯っていく。台風の被害はあったけれども、だからこそ街の灯は消すまいと、年末にかけて参道を彩るイルミネーションのデザインと、設営計画が進んでいる。担当は轟だ。今年は元気の出る色がいい。見れば勇気をもらえるような、力強い色で照らしたい。数多あるＬＥＤの色を想像しながらエンジンを掛け、唇に笑みを浮かべて駐車場を出る。

「春菜ちゃんは――」

隣の席で教授が言った。

「――いい営業になりましたねえ」

中央通りに出てみると、参道にズラリと並ぶ二十四対の春日灯籠にもオレンジの明かりが灯っていた。

エピローグ

その日の夜九時過ぎに、珠青は無事、玉のような男の子を産んだ。春菜たちはそれを見届けて一足先に帰ったが、翌朝、仙龍よりも一足早く、コーイチが電話をかけてきた。

「本当におめでとう」

春菜は会社に出勤して、ちょうど駐車場に車を停めたところだった。

「あのあと体重を量ってみたら、三千百十グラムだったんっすよ。珠青さんも赤ちゃんも元気だから、青鯉さんも鼻の下を伸ばしちゃっているっす。赤ちゃんってすごいっすねえ。あの棟梁がスキップして会社へ来たんすよ。なーんて、それは冗談っすけど」

嬉しそうなコーイチの声を聞いていたら、なぜだか春菜は泣けてきた。

「あれ？　春菜さん？　大丈夫っすか？」

「大丈夫よ。なんか……感動して泣けてきちゃって」

コーイチはしばらく黙り、

「つか、俺もっす。よかったよかった。よかったっすねえ」

ホントよかったっすと言いながら、コーイチは電話を切った。

出勤してきた同僚たちが次々に車を停めてオフィスへ向かう。泣き顔を見られないようバッグを探る振りをして、春菜は何度も涙を拭った。

小さな命が誕生する。今まで当然のことだと考えていた出産の神秘と偉大さに、春菜は胸が震える気がした。命はどこから来るのだろう。それはどんな確証があるから、武器も持たず、知識もなく、ただ命だけで生まれてきて、母親の腕に身を委ねるのだろう。

「あ、ダメだ……」

ティッシュで洟をかんだとき、仙龍からも電話が入った。

「昨夜は悪かったな。青鯉と珠青がよろしく伝えてくれと……」

「私こそ、なんか感動しちゃって、今日は世界がバラ色に見えるわ」

仙龍は笑った。

「体重は三千……」

「百十グラムの男の子でしょ？　コーイチから聞いた」

もう一度「おめでとう」と伝えると、仙龍は苦笑した。

「退院したら珠青はしばらくうちへ来るんだ。賑やかになりそうだ」

そうか、仙龍は叔父さんになったのだ。

「赤ちゃんが生まれるって、素敵よね」

春菜が言うと、

「そうだな」

と、仙龍は答えた。

「それじゃあ、またな」

「あ、ちょっと待って」

春菜は、明日には珠青の見舞いに行ってもいいだろうかと仙龍に訊いて電話を切った。

ちょうど事務職の女性社員たちが車を降りて、会社へ入っていくところであった。


二日後。春菜は焼き菓子の包みを提げて産婦人科病院を訪れた。

待合室にはお腹の大きな妊婦さんのほかにも、付き添うご主人たちの姿があって驚いた。珠青の亭主の青鯉は涼しげな顔立ちのポーカーフェイスだが、彼も同じように珠青に付き添ってここへ来たのかと思うと、なんだかとても不思議な気がした。春菜が知る男たちは、いつも軽々と鋼材や枕木を担ぎ上げているけれど、小さくて柔らかな赤ちゃんを大切に抱く姿は想像できない。でも、青鯉はお父さんになったのだ。出産も育児も共同作業だ。人間一人を育てるのだから、その苦労は計り知れない。

そうして春菜は、人喰い熩颯はどう生まれ、どんな育ち方をしたのだろうと考えた。

七歳までは神のうちといわれるほど乳幼児の死亡率が高かった時代のことだ。子供はさぞかし大切にされたかと思えばそうでもなくて、出生率も桁違いに高かったのだという。

命の重さに差があるとすれば、それを決めるのもまた人なのだ。

かわいらしいピンクの壁紙が貼られた廊下を歩き、珠青の部屋をノックする。

「どうぞ」

ドアを開けると、豪華なベッドに珠青が独りで腰掛けていた。

「あら。来てくださったの」

隣にベビーベッドがあるが、赤ちゃんはいない。

「コーイチと仙龍から電話をもらって、でも、産んだ直後はお疲れでしょうと思って今日にしました。珠青さん、おめでとうございます」

「ありがとう。正解よ」

珠青は笑う。

「お産の最中は、早いとこ産んでしまって、ゆっくり寝たいと思ってたんです。でも、実際に赤ちゃんが生まれたら、神経が立ってギラギラしてきて、ちっとも眠れませんでした。知らないことって多いのね。やってみなけりゃわからなかったわ」

「赤ちゃんは？」

「乳児室ですよ。三日目までは母親を休ませるために預かってくれるのよ。おっぱいのときだけこっちへ来るの。見に行きますか？」

「はい。ぜひ」

焼き菓子と小さい花束を珠青に渡し、連れ立って乳児室へ赤ちゃんを見に行った。グラム数を聞いただけではピンとこなかったが、小さいベッドに並んで眠る何人かの赤ちゃんを間近に見ると、あまりの小ささに胸が熱くなる。

「すごい……全部のパーツがすごく小さい」

「あたしもそう思いましたよ。命ってすごいんですよ。こんなに小さいのに、一生懸命に生まれてくるんですからねえ。母親が痛いなんて言ってられないのよ。痛いけど」

その痛みも苦しみも、春菜にはまだ想像ができない。

「それに、みんな違う顔をしている」

「自分の子供はわかるんですよ。お隣に入院していた奥さんはね、赤ちゃんに名札がついているのに助産師さんが間違えて、ほかの新生児を連れてきたとき、なんだか可愛く思えなくって、ちっともお乳が出なかったって言ってましたよ」

春菜は驚いて珠青を見た。

「そういうものなんですか」

「不思議でしょ？」

と、珠青は微笑む。スッピンの肌は透き通り、内側から光り輝いているかのようだ。女性は子供を産んだあとが一番きれいだと聞いたことがあるが、こういうことなのだなと、感心した。

乳児室の窓に手を当てて、赤ちゃんを見守りながら珠青は言った。

「棟梁の手帳を預かったんですってね？」

「はい。ありがとうございました」

「あたしはなんにもしていませんよ」

それから春菜に顔を向け、

「ずうっとね、不思議に思ってきたことがあるんです」

と、真顔で言う。廊下の自販機で飲み物を買い、病室ではなく、庭を見下ろせる休憩室で、珠青は春菜に話してくれた。

「隠温羅流の導師はサニワを持たない。あたしはね、それが不思議でしょうがなかったんですよ。ご覧のとおり、母親になったあたしは、もうサニワがないけれど、そのことをねえ、妊娠中、しばしば考えていたんです」

「そのことって？」

麦茶のプルタブを開けながら、珠青は言う。そういえば、この前一緒に食事をしたときも、珠青はコーヒーを飲んでいなかった。あれは赤ちゃんに配慮してのことだったのだと、今さらながら春菜は思う。母親って、すごいなあ。

「たぶんですけど、サニワって、それほど大変なことなんだと思います。母親はお腹に子供が宿ったときから、子供の命を守らなきゃならない。サニワに使うエネルギーもすべて、子供に回して産むんだなあって」

春菜は黙って聞いていた。珠青は青鯉と子供と共に、家族の未来を築き始める。私は仙龍のそばにいて、隠温羅流導師の宿命を共有するのだ。それでいい。それがいい。

珠青は笑った。

「世の中は男と女でできてますけど、女は、母親と女なんです。そのことに、あたしはようやく気がつきました。母親にサニワはできない。春菜さん」

「はい」

「仙龍のことを頼みます」

春菜は迷わず「はい」と答えた。

「面倒くさいと、子供の頃からずっと思ってたんですよ。だってそうでしょ？　因縁物件に当たるたび、サニワを探さなきゃならないなんて。そんなことをしなくても、導師がサニワを持っていたなら、万事が上手くいくんじゃないかと」

「あ……まあ、確かにそうかもしれないですね」

でも、そうしたら自分は仙龍に近づけもしなかったのだ。

珠青はそんな春菜の気持ちを見透かしたかのように微笑んだ。

「ところが隠温羅流には、サニワを持つ者は導師になれない決まりがあるんです」

「……それは決まりなんですか？」

「そう。どちらもそれほど重い仕事なんでしょう」

仙龍にも黒い鎖が見えていることを、珠青に話そうかと一瞬思った。

けれども、新しい命を育むという大役を得た彼女にそれを言うことはできない。春菜はコーヒーを一口飲んで、背筋を伸ばした。

「隠温羅流がどうやって生まれたか、先ずはそれを調べたいと思います。棟梁の手帳には、山陰のいくつかの地名が書かれていました。隠温羅流の隠温羅とは、『隠』と『温羅』が一緒になった呼び名ではないかと思うんです。『隠』は文字通りに『隠す』の意味で、『温羅』は吉備に実在したという鬼の名前なんですよね？」

「温羅は大昔……室町よりも前の時代に吉備地方を統治していたといわれる吉備冠者の名前です。この者は鬼神と呼ばれ、吉備津彦命に退治されたという伝承があるんですよ。桃太郎伝説のモデルになったという話もあるわ。小林先生のほうが詳しいでしょうけど」

「吉備津彦命といえば、岡山に似た名前の神社がありますね？　鳴釜神事で有名な吉備津神社……それも関係あるのかしら」

「吉備津神社の社殿の下には、鬼の首が眠っているといわれます。その首が釜を鳴らして吉凶を占う。あたしはねえ、鳴釜神事が出てくる上田秋成の『雨月物語』が最も怖い怪談だと、個人的に思っているんですよ」

雨月物語に出てくる『吉備津の釜』は、放蕩息子の嫁に据えられた磯良という娘が、夫に裏切られて悪霊となる物語である。婚儀を進めるに当たって磯良の親は鳴釜神事で吉凶を占ったが、釜は鳴らず、凶と出た。そのご神託どおりに磯良は死んで悪霊となり、夫を無残に取り殺すのだ。

「鬼の首が社殿の下に?」

珠青は頷き、首をすくめた。

「こういう家に生まれると、どんな伝説も口承も、笑い飛ばすことはできなくなります」

話しているうちに助産師が来て、珠青を呼んだ。

「あ、花岡(はなおか)さん。今からマッサージ、いいかしら」

珠青は春菜に微笑みかける。

「ごめんなさいね。ミルクが出るようにマッサージをね。母親って、なってみないとわからないことばっかりなんですよ」

そうなのか。それでは自分が隠温羅流のことを知らなくても、恥じることはないのだろう。誰かに教えてもらいながら、ひとつひとつ覚えていけばいい。珠青が少しずつ母親になっていくように、自分も少しずつ変わっていこう。そう考えて、春菜は可笑しくなった。今までは、知らないことは悪いことだと考えていた。誰かに教えを請うことは、恥だとさえ思っていた。だから必死に取り繕って、できる自分を演出していた。

「はい。行ってください。私も会社に戻ります」

けれどもそれは間違いだった。知らないことを知らないと言い、できないことをできないと言う。それは悪いことではなくて、ただそれだけのことだったのだ。

春菜は自分に微笑みながら、珠青と別れて病院を出た。

首を回して天を仰ぐと、珍しく空一面にウロコ雲が広がっていた。心なしか風が冷え、プラタナスの葉も縮んでいる。街路樹の根元でコスモスが、可憐（かれん）な花を揺らしている。

春菜はスケジュール帳を確認し、上司の井之上に電話をかけた。

「お疲れ様です、高沢です。井之上部局長、ちょっとご相談があるんですけど、どこかでお時間頂戴できませんか？」

妊婦さんとご主人が微笑みながら近くを通る。

春菜は井之上にこう言った。

「ええ。はい。ちょっとですね、まとまった休みを取りたいんです……理由ですか？」

人喰い熖颯の企画展が実現するのはまだ先だ。長坂の事務所はオープンしたし、売り上げが足りないと嘆く今ならば、時間が取れるということでもある。

「後学のためと言っておきます。詳しくはお目にかかってお話しします」

快諾というわけではないが、井之上は時間を作ってくれると言った。

「どうぞよろしくお願いします。はい。これから会社へ戻ります」

通話を切って、拳を握る。

自分なら、きっとできると自分に言った。根拠のない自信でも、信じなければ何もできない。駄目なら誰かに助けてもらおう。教えてほしいと頭を下げよう。

顔を上げ、胸を張って歩き出す。

頭上には美しいウロコ雲が、大空に遠く連なりながら広がっていた。

【東按寺と持仏堂】

東按寺の号は白雲山丹霞嘉院。

善光寺とその周辺を記した元禄の縁起によれば建久八年（一一九七）に源　頼朝が善光寺に参拝したおり、白雲に乗った如来が夢に現れて本願を賜ったとされ、その場所に東按寺を建立したとある。

現在の持仏堂は嘉永二年（一八四九）に建てられたものだが、寛永年間には同じ場所に観音堂があり、火災で焼失した記録が残されている。

銀瓦葺き錣屋根。軒は疎垂木で組物は舟肘木。様式としては住宅建築に近いものである。原則として一般公開はしていない。

参考文献

『家が動く！　曳家の仕事』一般社団法人日本曳家教会編（水曜社）

『善光寺地震　松代藩の被害と対応』松代文化施設管理事務所

『江戸街談』岸井良衞（毎日新聞社）

『信州の年中行事』斉藤武雄（信濃毎日新聞社）

『善光寺の不思議と伝説　信仰の歴史とその魅力』笹本正治（一草舎出版）

『知られざる北斎』神山典士（幻冬舎）

『信州の西洋館』藤森照信文　増田彰久写真（信濃毎日新聞社）

『古事記　下』次田真幸全訳注（講談社学術文庫）

『日本書紀　全現代語訳』宇治谷孟（講談社学術文庫）

・江戸東京博物館の展示ブースも参考にさせていただきました。

『筆塚に関する研究　長野県更級郡（旧）の場合　考察編』高見沢領一郎
https://www.jstage.jst.go.jp/article/kyouikushigaku/15/0/15_KJ00009272900/_pdf/-char/ja

本書は書き下ろしです。

この物語はフィクションです。実在の人物・団体とは一切関係ありません。

〈著者紹介〉

内藤 了（ないとう・りょう）
長野市出身。長野県立長野西高等学校卒。デザイン事務所経営。2014年に『ON』で日本ホラー小説大賞読者賞を受賞しデビュー。同作からはじまる「猟奇犯罪捜査班・藤堂比奈子」シリーズは、猟奇的な殺人事件に挑む親しみやすい女刑事の造形が、ホラー小説ファン以外にも広く支持を集めヒット作となり、2016年にテレビドラマ化。

怨毒草紙（えんどくぞうし） よろず建物因縁帳（たてものいんねんちょう）

2020年6月17日　第1刷発行　　定価はカバーに表示してあります

著者……………………内藤 了（ないとう りょう）

発行者……………………渡瀬昌彦
発行所……………………株式会社 講談社
〒112-8001 東京都文京区音羽2-12-21
編集03-5395-3510
販売03-5395-5817
業務03-5395-3615

本文データ制作…………講談社デジタル製作
印刷……………………豊国印刷株式会社
製本……………………株式会社国宝社
カバー印刷……………株式会社新藤慶昌堂
装丁フォーマット………ムシカゴグラフィクス
本文フォーマット………next door design

ISBN978-4-06-520130-5　N.D.C.913　286p　15cm

隠温羅流の足跡（そくせき）を辿る。
死の宿命に追いつかれないように——。

畏修羅（イソラ）

よろず建物因縁帳

内藤了

長野を出た春菜が向かうは、霊場・出雲（いづも）。
雪女の怪を手がかりに見つけた真実は、鬼の貌（かお）をしていた。

シリーズ第8弾　２０２０年冬　発売予定！